最強ギフトで領地経営スローライフ

辺境の村を開拓していたら英雄級の人材がわんさかやってきた!

1

音速炒飯
Cyarhan Onsoku
イラスト riritto

CONTENTS

一章

試練（勘違い）の始まり

SAIKYOGIFT DE
RYOCHI KEIEI SLOWLIFE

「メルキス、貴様には失望した。家から出ていけ」

「え――」

一五歳になる日。

僕、メルキス・ロードベルグは突然、父上より実家からの追放を言い渡された。

――時間は少しさかのぼる。

この世界では、一五歳になると〝才能《ギフト》〟を使えるようになる。

才能《ギフト》とは、神より授けられるといわれる奇跡の力で、不思議な能力が備わるようになる。日常生活を便利にするものから戦闘に関わるものまで種類は様々で、才能《ギフト》によって、人生は大きく変わる。

そうしてついに僕も一五歳の誕生日を迎えた。

今日は厚い絨毯の敷き詰められた伯爵家の応接間に、才能《ギフト》鑑定士さんを呼んでいる。これからいよいよ才能《ギフト》の鑑定をしてもらうのだ。

「メルキス、必ずや【剣聖】のギフトを授かるのだぞ」

僕のとなりには、尊敬する父上が立っている。

『【剣聖】の才能《ギフト》を授かれ』

というのが、父上の口癖だった。

我がロードベルグ伯爵家は、騎士の名家である。戦功によって名を挙げ、王家に取り立てられてきた。歴代最強である父上は、なんと王国騎士団の副団長を務めている。

伯爵家の強さの源は、【剣聖】という才能《ギフト》である。【剣聖】とは剣術の精度と威力を飛躍的に高めるギフトであり、戦闘において最強と名高い。

才能《ギフト》にも血統の影響があり、【剣聖】はロードベルグ一族にしか発現しない。そのため父上は、僕に【剣聖】のギフトが発現することを期待している。

僕は絨毯を踏みしめて、ギフト鑑定士さんのもとに歩みよる。

「期待しているぞ、メルキス。お前は神童だ。剣でも弓術でも馬術でも、同世代でお前に勝てる者はいないだろう。お前が【剣聖】を手に入れたなら、ロードベルグ伯爵家歴代最強、いや、世界最強になれる」

「もう、やめてくださいよ父上。期待しすぎです」

ここまで持ち上げられてしまうと照れてしまう。だが、尊敬する父上に期待されるのは、悪い気分ではない。

「それでは、ギフトの鑑定を始めます」

鑑定士さんが、僕の頭に手をかざす。僕は深く息を吸い込み、緊張する心を鎮める。

――これまで僕は、騎士として活躍するために厳しい修行に耐えてきた。剣術はもちろん、基礎教養としての学問。魔法。馬術。弓術。格闘術。そして礼儀作法。騎士として活躍するために必要となる技術は、全て身に付けてきたつもりだ。あとは【剣聖】のギフトさえ手に入れば完璧だ。

だが――

「鑑定結果、出ました。メルキス様の才能《ギフト》は、【根源魔法】です」

室内の空気が、凍りつく。

「【根源魔法】だと？　なんだそれは？　メルキス、聞いたことがあるか？」

「い、いいえ。僕も初めて聞きました」

鑑定士さんも「存じませんな」と首を振る。

「と、とにかくだ。才能《ギフト》を使ってみろ、メルキス」

「はい、父上」

僕はスキルの発動を念じた。すると、

『【根源魔法】

全ての魔法の根源。見たことのある全ての魔法を完全な状態に復元して自由に扱うことができる』

というメッセージが頭に響いた。『完璧な状態に復元』というのがイマイチよくわからないが、どうやら見たことのある魔法をいつでも使えるようになるらしい。

【剣聖】ではないのが少し残念だが、これはこれで物凄く強い才能《ギフト》に違いない。

「父上、【根源魔法】は、見た魔法を全て完全な状態にしてコピーすることができる才能《ギフト》だそうです。きっとこれは、使いこなせば強力な才能《ギフト》ですよ！」

僕は興奮を抑えきれず父上に報告する。

——しかし。

「ハズレ才能《ギフト》だな」

父上は舌打ちして、そう切り捨てた。

「で、ですが見た全ての魔法をコピーできるというのは強力で……」

「黙れ！　俺が【剣聖】の才能《ギフト》を授かれと言ったのを忘れたか！　我が一族にのみ発現する【剣聖】以外は不要だ！　そんなこともわからんのか！」

父上が思い切り拳を振りかぶって、僕の顔を殴り飛ばした。

僕はたまらず床に倒れ込む。殴られたダメージより、優しかった父上の変わりようが衝撃だった。

「さ、さて次にカストル様の鑑定に移らせていただきたいのですが、よろしいですかな……？」

気まずそうに鑑定士さんがそう言った。目線は僕の後ろに立つ弟、カストルに向けられていた。

「そうだカストル、お前がいる！　メルキスがハズレ才能《ギフト》を引いた以上、お前だけが頼りだ」

「わ、わかりました。父上の期待に添えるよう、頑張ります……」

父上の期待とともに、カストルが鑑定士さんの前に立った。

「……鑑定結果、出ました！　カストル様のギフトは【剣聖】でございます！」

「でかした！　よくやったぞ、カストルよ！　お前こそがロードベルグ伯爵家の跡継ぎに相応しい！」

「へ？」

思わず聞き返してしまったのは僕だけではない。言われたカストルすら、驚いた表情で父上を見ていた。

双子の弟カストルは、昔こそ僕と一緒に熱心に訓練に打ち込んでいたが、途中から逃げ出してしまった。最近では遊び歩いている始末だ。

父上はそんなカストルのことを『落伍者《らくごしゃ》だ』と見捨てて、いないもの同然に扱っていた。それなのに、いきなり跡継ぎだなんて――？

父上からの言葉にカストルは驚き、口をパクパクさせていたが、

「へへへ……！　俺がメルキス兄貴よりも上。俺はメルキス兄貴を超えたんだ……！」

そう言うカストルの目は、これまで見たことがないほどギラついていた。

「早速【剣聖】の才能《ギフト》を試させてもらうぜ。構えろよ、メルキス兄貴」

カストルが腰の剣を抜く。剣聖の才能《ギフト》が発動し、剣を黄金のオーラが包む。

「喰らいやがれ、兄貴！」

そんな言葉とともに、カストルが斬りかかってきた！

僕は反射的に剣を抜いて受けたが、衝撃を殺しきれない。思いっきり、壁に叩きつけられた。衝撃で僕は激しく咳き込む。大事に使っていた剣も折れてしまった。

「すげぇ、これが【剣聖】の威力か！　これまで訓練で一度も勝てなかったメルキス兄貴が、ゴミみたいだぜ！」

カストルが、興奮した声を上げながら剣を振り回している。

だめだ、今のカストルは力に溺れている。僕が兄として止めてあげなくては……！

「素晴らしい！　素晴らしいぞカストル！」

父上が喜色満面でカストルを抱きしめた。

「父上、カストルは力に溺れています。このままでは――」

「黙れ、このハズレギフト持ちが！　【剣聖】を授かったカストルに比べておまえは――よくもロー

ドベルグ伯爵家の名に泥を塗りよって！」

ゴミでも見るような蔑みの目線が向けられた。父上が本気で僕を蹴り飛ばす。

あんなに優しかった父上が、僕がハズレギフトを授かった途端に、ここまで冷たくなるなんて。

「メルキス、貴様には失望した。家を出ていけ」

父上は倒れた僕を踏みつける。ダメージと精神的ショックで体に力が入らない。もはや立ち上がることすら難しいほどだ。

だが、何かおかしい。

いくら父上が【剣聖】のギフトにこだわっていたとはいえ、あの優しかった父上がここまで豹変してしまうはずがない。

そうだ、きっと父上には何か別の思惑があるのだろう。

「お待ちください父上。仮にもロードベルグ伯爵家だったメルキス兄貴が物乞いでもしたら、さらに家の名前に傷がつくことになりますよ？」

「……確かにな。そうだ、東のド田舎に、領主代理に任せきりにしていた小さな領地があった。メルキス、そこをくれてやるから、せいぜいそこで領主の真似事でもして、おとなしく暮らしていろ。二度と顔を見せるな！」

こうして一五歳の誕生日に、僕は伯爵家を追放された。

――数日後。

実家を追放された僕は、馬車で東へ向かっていた。

「どうして、こんなことになってしまったんだ……？」

ゴミと罵られ、蹴り飛ばされ、家を追い出されたが、僕は今でも父上のことを信じている。

王国騎士団の副団長を務めていて非常に忙しいにもかかわらず、いつも笑顔で僕の訓練に付き合ってくれて、僕が腕を上げるたびに褒めてくれた。僕にとって、父上は太陽のような存在だ。

――あれは、僕がまだ六歳だったときのこと。屋敷が大火事になった。

火はあっという間に屋敷中に回り、外へ出られなくなった。逃げ遅れた僕は、近くにあった金庫部屋に逃げ込んだ。

他の部屋よりも多少頑丈に作られていたので金庫部屋は火の回りが遅かったが、それでも部屋が少しずつ燃え始めた。

『もうだめだ、僕はここで焼け死ぬんだ』

そう覚悟したとき、部屋に父上が飛び込んできた。

父上の服は、半分以上燃えてなくなっていた。【剣聖】の才能《ギフト》を持つ父上でも、燃える屋敷の中に突入してくるのは命懸けだったはずだ。それでも、父上は来てくれた。

僕と金庫が無事だったことを確認した父上の、安心した優しい笑顔。あの笑顔を、僕は一生忘れることはないだろう。

そして父上は、僕を燃える屋敷から運び出してくれた。伯爵家の全財産が入った金庫と一緒に。

何故父上が、僕が金庫部屋にいるとわかったのかは不明だ。だけど命懸けで父上が僕を助けてくれたあの日以来、僕は一度も父上の愛情を疑ったことがない。もちろん、今もだ。

「父上のことだ、きっとなにか、考えがあるはずだ……！」

僕の才能《ギフト》【根源魔法】は、決して弱いギフトではないはずだ。強力な魔法をコピーすれば、ドンドン強くなれるはずだ。それでも、父上は【根源魔法】をハズレ才能《ギフト》と言い切り、僕を家から追い出した。

そこにきっとなんらかの意図があるはずだ。

「父上。僕はきっと、父上の考えていることを突き止め、期待に応えてみせます」

考えながら、僕は与えられた領地へと向かう。

ソルダリ村。住人数百人ほどの、山間にある小さな村だ。最近は経営がうまくいっておらず、税金の取り立てもままならないと聞いている。僕を乗せた馬車は、森の中の道を駆ける。

「キャアアアアァ！」

そのとき、女性の悲鳴が森に響いた。道の前方からだ。御者さんが馬車を止める。

「御者さん、ここで待っていてください！」

僕は馬車から降り、走り出す。戦闘用の才能《ギフト》こそ与えられなかったが、僕はこれまでずっと修行に打ち込んできたんだ。身体能力は一般市民より遥かに高い。全力を出せば、馬車よりも走った方が速い。

——見つけた。

モンスター達と人間が交戦している。華やかな装飾の施された馬車を、数十体のモンスターが包囲していた。〝ゴブリン〟。知性が高く、群れをなして行動することもあるモンスターだ。

馬車を護衛する騎士数人が剣で応戦しているが、ゴブリンの数が多すぎる。このままでは全滅するだろう。

「助太刀《すけだち》します！　ロードベルグ流剣術3式、〝彗星斬〟！」

〝彗星斬〟。相手に彗星の如き斬撃を見舞う剣技だ。

『ブゴォ⁉』

断末魔の叫びを上げ、ゴブリンが倒れる。

「き、きみは一体何者だ⁉」

護衛の騎士の一人が驚きながら尋ねてくる。

「ロードベルグ伯爵家のメルキスといいます！　加勢します！」

僕は一五歳と成人したてでまだまだ未熟だが、これまでずっと偉大な父上に修行をつけてもらっていた身だ。並の一五歳よりはずっと強い。父上によれば、僕の実力は既に騎士団中堅クラスの騎士と互角らしい。

僕は馬車を護衛する騎士の皆さんと協力しながら剣と魔法でゴブリンを倒していく。そしてなんとか、一人の怪我人も出さずにゴブリンを全滅させることができた。

「……メルキス君。助太刀に感謝する。君がいなければ全滅していたのは我々だった」

護衛の騎士の皆さんが、敬礼のポーズをとる。

「メルキス？　今、メルキスと言ったの？」

馬車の中から、聞き慣れた声がする。そして、馬車から女の子が元気いっぱいに飛び降りた。ココア色の髪が、ふわりと舞う。

歳は僕とほぼ同じで、女子としても小柄。第四王女のマリエル・レットハート。僕の婚約者である。

「お城にいるはずのマリエルが、どうしてここに？」

僕はマリエル王女に問いかける。マリエルは外で遊ぶのが好きで、よく僕はお城の庭に招待されて、かけっこなどをしていた。今にして思うとすごく贅沢な遊び方をしていたと思う。

——そしていつの間にか、婚約者になっていた。

それについてマリエルは『いやー、国王《パパ》が勝手に決めちゃって困っちゃったよねー。……まぁ、嫌では……ないんだけど……』と言っている。

「実はね……私もメルキスの村に引っ越すことになったんだ」

「なんだって!?　それは一体——」

そのとき、会話を遮るように〝メキメキ〟という音が響く。樹の折れる音だ。音の方を見ると、巨大な二足歩行のモンスターがこちらに向かって歩いてくるところだった。

首から下は、筋骨隆々《きんこつりゅうりゅう》の人間のような姿。ただし、大きさが異常だ。周りに生えている樹と同じか、それ以上の身長がある。

そして首から上は、牡牛《おうし》。黒光りする角が威圧感を放つ。体格に見合うだけの大きさの戦斧《せんぷ》を両手で握り締めており、敵意があることは誰の目にも明らかだった。

「あれはまさか、ミノタウロス!?　S級ダンジョン奥地にいるはずのモンスターが、どうしてここに!?」

ミノタウロスは騎士団の精鋭数十人が集まってようやく相手にできるレベルの強敵だ。【剣聖】のギフトを持つ父上であっても一人で相手にはできない。

どう考えても、僕らには勝ち目がない。このままでは間違いなく全滅する。

「……マリエル、僕が時間を稼ぐから、逃げてくれ」

できるだけ動揺を声に出さないように、僕はマリエルに呼びかける。

「待ってよ、逃げるならメルキスも一緒に――きゃあ⁉」

「お嬢様、メルキス様や護衛騎士の方達の犠牲を無駄にしてはいけません！　逃げますよ！」

付き人のメイドさん二人がマリエルを無理やり馬車に押し込む。そして、馬車が走り出した。あとは護衛の騎士さん達と僕で、馬車が安全圏へ脱出するまでの時間を稼がなければならない。

魔法を得意とする騎士さんが、攻撃魔法の詠唱を始める。

「火よ。火よ。火よ。五大元素が一つ。破壊を司る赤の力。その力を以て我に歯向かう者を焼き払え――発動、〝ファイアーボール〟！」

騎士さんの手元から魔法陣が広がり、そこから人の頭ほどの大きさの火球が飛び出す。〝ファイアーボール〟。炎の基本的な攻撃魔法で、とても使いやすい。

僕の頭の中に声が響く。

『魔法の完全な状態でのコピーが完了しました。

【根源魔法】
○使用可能な魔法一覧

・〝ファイアーボール〟［New!!］』
騎士さんが放ったファイアーボールが、ミノタウロスに直撃する。しかし、ミノタウロスは火傷一つしていない。

「嘘だろ、俺の魔法が全く効いていない……!?」

魔法を放った騎士さんが絶望する。

「ええい、ひるむな！　全員でかかれ！　せめて片脚でも傷を負わせれば、マリエル様が逃げ切れる！」

リーダーである騎士さんの号令で、騎士全員が突撃する。しかし、ミノタウロスの斧の一振りで、全員あっという間に戦闘不能に追い込まれてしまう。

「今だ！」

騎士さん達に気を取られているミノタウロスの死角を突いて、僕は渾身の一撃を繰り出す。だが、

〝ガギン！〟

ミノタウロスはそれすらも軽々と斧で跳ね返す。僕は近くの樹の幹に叩きつけられた。

「がはっ……！」

胸に受けた衝撃で呼吸ができない。剣も折れてしまった。

「だめだ、スピードもパワーも耐久力も、格が違いすぎる……我々では、王女様が逃げるための時間稼ぎさえできない……」

騎士さんの誰かがそうつぶやいた。

僕達をあっという間に戦闘不能に追いやったミノタウロスは、今度は馬車が走り去った方を向く。

今からミノタウロスの速度で走って追いかければ、間違いなく追いついてしまう。

「させるか、マリエルだけは……絶対に守る……!!」

僕は渾身の力を振り絞って立ち上がる。しかし、戦うための剣はもう折れてしまった。戦闘で使えるのは、さっき【根源魔法】の力でコピーした〝ファイアーボール〟だけだ。魔法は使ったことがないが、これに懸けるしかない。

「火よ。火よ。火よ。五大元素が一つ――」

そのとき、異変は起こった。

僕の手のひらを中心に、直径が僕の背丈に近い大きさの魔法陣が出現する。中には、非常に細い線で複雑極まりない模様がびっしりと書き込まれていた。魔法陣の大きさも模様の複雑さも、さっき騎士さんが使った〝ファイアーボール〟とは比べ物にならない。

〝ビリビリッ……!〟

膨大な魔力によって大気が震えている。

「なんだあの魔法陣は！　しかも、詠唱なしで出現したぞ!?」

さっき〝ファイアーボール〟を使った騎士さんが、驚きの声を上げていた。

僕の魔法陣から出現したのは、巨大な炎の球。深紅色に眩く輝いていて、内部で凄まじいエネルギーが渦巻いているのがわかる。強大な魔力に周りの大気が震えている。

僕は、巨大なファイアーボールをミノタウロスめがけて放つ。周囲の樹や草を燃やしながら、ファイアーボールが一直線に飛翔していく。

『ブモオオオォ!!』

ミノタウロスが斧を捨て、両腕をクロスさせて防御する。

――しかし、そんな防御はまるで無意味だった。

〝ズッッッドオオォォン――――ッ!!〟

ファイアーボールがミノタウロスに着弾した瞬間。眩い光とともに中に秘められていたエネルギーが迸《ほとばし》り、ミノタウロスを、地面を、周囲の樹を、焼き尽くす。

地面が震え、爆風が樹を揺らす。森中の樹から、一斉に鳥が飛び立つのが見えた。

◇◇◇

――爆風が収まると、ミノタウロスは跡形もなく消えて、破壊の跡だけが残っていた。唯一残っている痕跡は、ミノタウロスが持っていた斧だけだ。それも、高温でドロドロに溶けて斧としての原形をとどめていない。

ミノタウロスがいた場所には、地面にできた巨大なくぼみだけがあり、高熱で岩が溶けてマグマのようになっている。周囲の樹も燃え尽きて、小さな広場のような開けた空間ができてしまった。

「なんて破壊力だ……!」

騎士さんの誰かが、呆然とそうつぶやいた。

聞いたことがある。魔法は、魔法陣が不完全な状態だと魔力のロスが多いと。

魔法陣とは、魔力の流れを作るために必要な制御回路のようなものだ。魔法陣さえ完全な状態であれば魔力の流れを補助するための詠唱さえ不要なのだという。

だが、魔法陣を完全な状態で描き出すのは不可能に近く、魔力のロスが大きい。達人でも魔法を発動するのに消費した魔力の一〇%程度しか利用できておらず、他はただロスしているだけなのだという。

僕の【根源魔法】は、完全な状態で魔法をコピーしたと言った。それはつまり、魔法を発動するために消費した魔力を一〇〇%使えているということではないだろうか？　でなければ、あの破壊力は説明できない。

もう疑いようはない。【根源魔法】は、強力な才能《ギフト》だ。恐らく、【剣聖】以上に。

馬車からもファイアーボールでミノタウロスを倒したのが見えたらしく、馬車が引き返してきて僕の前で止まる。そして、マリエルが飛び出してきた。

「メルキス、無事で良かった！」

抱きついてくるマリエルを受け止める。その顔は、涙でぬれていた。

「良かった……メルキスが無事で良かったよ……！」

マリエルが僕の胸に顔をうずめる。

……こんなにも僕を心配してくれる人がいたなんて。僕の心に、温かいものが染みこんでくる。

「それでメルキス、何をしたの？　すごい爆発で、ミノタウロスが一撃で消し飛ぶのが見えたけど」

「授かった才能《ギフト》【根源魔法】の力を使ったんだ。父上にはハズレ才能《ギフト》って言われちゃったけどね」

「いやいやいや！　ハズレ才能《ギフト》のわけないでしょ！　ミノタウロスの斧を弾き返したり、一撃で地面ごとミノタウロスを消し飛ばしたりしてさぁ！」

マリエルが指さす先では、地面がまだグツグツと煮えたぎっている。

「我々もそう思います！　あれだけの強力な魔法、見たことがありません！　恐らく、メルキス様は副団長である父をも超えて……」

「いえいえ、僕は偉大な父上には及びませんよ」

まだまだ偉大な父上には追いつけないが、【根源魔法】は強力だ。しかも、これから【根源魔法】は魔法の効果をコピーして、無限に成長していく。とても、〝ハズレ才能《ギフト》〟とは呼べない。この才能《ギフト》は、すぐに【剣聖】をも超えるだろう。

しかし、ここで一つ疑問が浮かぶ。

父上はずっと才能《ギフト》にこだわっていた。その父上が、なぜ【根源魔法】の力を確かめもせずに〝ハズレ〟扱いしたのか。

そのとき、僕の頭にひらめきが走る。

「……そうか、わかったぞ！　父上は『この試練を乗り越えて一人前になれ』という考えで僕を実家から追放したんだ！」

それなら全ての辻褄があう。

父上は、【根源魔法】という才能《ギフト》について、最初から知っていたのだ。

確かロードベルグ家には、未熟な者を一度過酷な環境に追いやって鍛えなおす修行法があった。きっと追放は、この修行なのだろう。獅子は子を谷底へ突き落とすというが、まさにそれだ。【根源魔法】は強力だが、使い手である僕はあまりに未熟だった。だから、心を鬼にして僕を田舎の小さな領地へ追放したんだ。

そもそも、これまであんなに優しかった父上が急にあんなに冷たくなったのがおかしかった。あれは、僕を追い詰めるための演技だったんだ。

でなければ、まるで父上が、『伯爵家の利益のためだけに息子を育てた、才能を見抜く目もない強欲なマヌケ』ではないか。

弟のカストルも、きっと父上が演技していることを察して合わせてくれたのだろう。本当によくできた弟だ。【剣聖】の力を手に入れたカストルは僕を攻撃したが、あれも僕を追い出すための演技だ。

「カストル。僕はお前のことを『力を手に入れた瞬間調子に乗る小物』だと誤解してしまった。許してくれ……！」

カストルは決して『力を手に入れた途端調子に乗る小物』などではなかった。本当に良かった。

父上は最後に『村で領主の真似事でもしていろ』と言っていた。つまり、領主として村を大いに発展させることが、僕に与えられた試練なのだ。

……正直、ロードベルグ伯爵家を追放すると言われたとき、剣で斬りつけられたとき、父上とカストルを恨んでしまう気持ちもあった。父上、カストル。一瞬でもあなた達を恨んでしまった、未熟な僕をどうかお許しください。

きっと父上とカストルも辛かったはずだ。僕はまだ本当にロードベルグ伯爵家を追放されたわけではない。僕は必ず村を国で一番発展させて、一人前になってみせる！

「ねぇメルキス？　さっきからぼーっとしてどうしたの？　何か考えごと？」

マリエルが僕の頬を指でつついてくる。

そういえば、さっきからずっと気になっていたことがある。マリエルは、なぜこんな辺境の村に引っ越すことを決めたのだろうか？　今ならわかる。これも、僕が父上から与えられた試練なのだ。

――ロードベルグ伯爵家の教え其の一七。『一人前の騎士たるもの、自分の愛した女を守り抜けるくらい強くあれ』。

父上もよく、この教えを口にしていた。つまり、一人前になるために、村にいる間は婚約者であるマリエルを守り抜けということだ。マリエルも、隠しているが僕の試練に協力するために、わざわざこんな辺境の村まで来てくれたのだろう。

たかが伯爵家の息子の試練のために、第四王女に辺境の村に引っ越してくれというのはあまりに無茶な話だ。きっと父上、この試練を行うために何度も何度も国王陛下に頼み込んでくれたのだろう。

『国王陛下！　どうかマリエル第四王女様に、我が息子の修行にご協力いただきたく……！』

『ならん！　大事な我が娘を、そんな辺境の村に引っ越させることなどできんわ！』

『そこをなんとか！　我が息子が一人前になるための修行には、マリエル第四王女様の協力が必須！　我が息子は、最強の才能《ギフト》【根源魔法】を授かっております！　我が息子が一人前となれば、必ずや陛下の大きな力になります！　なにとぞ、なにとぞお考えを……』

『う、うーむ。お主ほどの男がそこまで言うのであれば……』

僕の頭の中に、渋い顔をする国王陛下に、何度も何度も必死に頭を下げてマリエルに修行の協力を頼み込む父上の姿が浮かぶ。

……僕は、感動していた。

父上が、僕のためにここまで力を尽くしてくれていただなんて。ありがとうございます、父上。僕は必ずこの試練を乗り越え、強くなってみせます。

「マリエル。(試練として)君のことはこれから僕が守るよ」

「ふぇ!? きゅ、急に何を言っているのメルキス!?」

第四王女であるマリエルを守れずケガをさせたとあっては、とんでもない失態だ。絶対にそんなことにはさせないぞ。

「君のことは、誰にも傷一つつけさせない。命に代えても、僕が守り抜く」

マリエルは、顔を真っ赤にして頭から湯気を噴き出していた。

……風邪かな?

そして後ろに飛び跳ね、逃げるように馬車に飛び乗った。

「そそそそんなことよりも! もうすぐ村に着くんだから、早く行こう!」

そう言い残して、さっさと馬車を走らせて行ってしまった。僕も自分の馬車に戻り、後を追って村へと向かう。

メルキスの父、ザッハーク・ロードベルグは、国王に王宮へと呼び出されていた。次男のカストルも一緒に連れてきている。

◇◇◇

「ぐふふ、ついにこのときが来たぞ……」

ザッハークは以前国王から、『副団長としての功績を認め、近々侯爵《こうしゃく》の爵位《しゃくい》をやろうと考えている』という内容の手紙を貰っていた。今日はきっとその件なのだろう、とウキウキして、顔のにやけを抑えることに苦労しながら謁見の間へ足を踏み入れる。

玉座では、国王が待っていた。

「陛下。ザッハーク・ロードベルグ、只今馳せ参じました」

「うむ」

ザッハークとその次男がひざまずく。二人とも、顔のにやけを抑えるのに必死だ。一方の国王は、険しい顔をしている。

「ザッハークよ。息子のメルキスを、辺境の村の領主にしたそうだな」

「は。その通りにございます」

ザッハークは、国王が『【剣聖】の才能《ギフト》を授かれなかった落ちこぼれはマリエルの許嫁にふさわしくないな。代わりに、【剣聖】を授かったそこのカストルをマリエルの許嫁にしようではないか』と言うと思っていた。

しかし、

「どういうことだ。メルキス君を追って、我が娘のマリエルも辺境の村に行ってしまったではないか」

王からは、予想外の言葉が返ってきた。

「な、なぜマリエル様がメルキスを追っていったのです？」

「そりゃ決まっているであろう。マリエルはメルキス君のことが大好きじゃからなぁ」

「は、その……え？」

ザッハークは、そんなことは初耳だった。後ろにいるカストルも混乱している。

「そ、その。恐れながら申し上げます。メルキスからは、マリエル様とメルキスの婚約は、マリエル様が嫌がっているのに陛下が無理やり決めたと聞いているのですが……？」

「なんと。それはマリエルが恥ずかしがって言っているだけじゃな。本当は、マリエルが無理やりメルキス君との婚約を決めたんじゃよ。ワシは、伯爵家などの男を婿にするのはいかんと最初は反対したんじゃが」

ザッハークはポカンとしていた。

「普段は素直に言うことを聞くマリエルが、メルキス君と婚約すると言ってダダをこねまくってな。手を焼いたが、あのときのマリエルは可愛かったのう」

国王は楽しそうにそのときのことを思い返す。

「て、てっきり私は、陛下が我がロードベルグ伯爵家の血統にのみ発現する【剣聖】のギフトを欲してメルキスを欲しがっていたのとばかり……」

「ワシが？　【剣聖】のギフトを欲しがる？　……はっはっは！　王とは戦に於《お》いて指揮を執るもの。前線に出て戦うわけではない。戦闘向けの才能《ギフト》なんぞ、いらんいらん。はっはっは！　お主は面白い男じゃのう！」

「さ、左様でございますか……」

ザッハークは、羞恥心のあまり顔が真っ赤になっていた。

「それでな、マリエルがそこまで気に入ったというメルキス君がどんな男か知りたくなって、こっそりと王宮に呼んで三人でお茶を飲んだことがあったのじゃが……」

（メルキスが陛下とお茶を⁉　初めて聞いたぞ⁉）

ザッハークは今日何度目かの衝撃で頭の中が真っ白になっていた。

「ああ、知らんでも無理はない。ワシが口止めしておいたからな。あまり話が広まると、他の貴族の連中が色々と騒ぎ立てるからのう。いやー、マリエルがこだわるのも納得の、純朴で器が大きい男だったよ、メルキス君は。騎士団の者と模擬試合もしてもらったが、剣技・弓術・馬術・格闘術、全て完ぺきだった。礼儀作法もな。努力家だのう、メルキス君は」

「お、恐れ入ります……」

「実はな、お茶の途中でメルキス君にうっかり『お義父さん』と呼ばれてしまったのじゃが……恥ずかしながらマリエルと一緒にワシまで照れてしまったよ。いやー、メルキス君にもう一度『お義父さん』と呼んでもらえる日が楽しみじゃなぁ」

国王は恥ずかしそうに頬をポリポリとかく。

「ここだけの話、もうワシもメルキス君を実の息子のように思っておるよ。……じゃが、やはりマリエルと結婚させるにはちと家柄が問題でな。伯爵家程度と王女を結婚させるわけにもいかん。だから、差を埋めるためにロードベルグ家の爵位を上げてやろうと思っていたのじゃが……」

「そ、そんな……」

ザッハークは、足元が崩れ落ちるような感覚に襲われていた。侯爵の地位を手にできるのは、自分の実力によるものだと思っていた。それなのに、それが全て、クズと罵って追い出したメルキスのおかげだったとは。

「しかしそのメルキスがいないのではな……侯爵の爵位の件も白紙じゃな」

「そんな！」

ザッハークは悲鳴のような声を上げる。

「そして、そもそも何故、メルキス君が田舎の村の領主に任命されているのかな？」

さっきまで朗らかに笑っていた国王が、急に鋭い視線をザッハークに向ける。ザッハークの背中から、急激に冷や汗が噴き出す。

「まさか、一五歳になって授かった才能《ギフト》がハズレだったから伯爵家から追放したなどと——」

「い、息抜きでございます！」

ザッハークは必死で言い訳を並べる。

「メルキスは日頃から必死に訓練していました。しかし、ハズレ才能《ギフト》を授かりとても落ち込んでいたので、『そんなにクヨクヨするな。才能《ギフト》の良し悪しで人の価値が変わったりしない。どんな才能《ギフト》を授かっても、お前が愛する息子であることに変わりはない。しばらく気分転換にのどかな自然の中でリフレッシュするといい』と、一年ほど休みを与えたのです」

「なにぃ、休みを与えたじゃとぉ⁉」

「ひぃっ！」

ザッハークの口から短い悲鳴が飛び出した。

「……良いではないか。田舎で休み。見直したぞ、ザッハークよ。落ち込んだときは休むのが一番じゃからのう」

「ほえ？」

「ワシはてっきり貴様が、『メルキス、お前のようなロードベルグ伯爵家の面汚しは出ていけ！』と言って追放したものだと思っていたが、とんだ思い違いであったな」

「ははは、ご冗談を。まさか私が、愛する息子を手放すわけがないではありませんか。ははは」

ザッハークは、冷や汗をかきながら必死で笑顔を作る。

「いやー、もし本当に追放などしていたら、地位と領地を没収して平民として放り出すところであったぞ。ハッハッハッハ！」

「ハッハッハ！」

このとき、ザッハークは恐怖で尿漏れを起こしそうになっていた。

「では、メルキス君が戻ってくるのを楽しみにしているぞ。マリエルも一緒に村に行ったし、この機会に仲が進展してくれればいいのう」

と、王はすっかり機嫌を良くしていた。

一方のザッハークは、シャツがぐっしょりするほど冷や汗をかいていた。

――屋敷の自室に戻って、冷や汗にまみれたシャツから着替えたザッハークは頭を抱えていた。

「バカな……俺は自分の力で侯爵の地位を手に入れられると思っていたのに……！　全てメルキスのおかげだったというのか！」

ザッハークは拳を机に振り下ろす。

「なんとしても、なんとしても、メルキスを呼び戻さなければ！」

ザッハークの顔は、真っ青になっていた。

「だが、追い出しておいて今更『戻ってきてください』などとメルキスに頭を下げられぬ。……そうだ、メルキスの新領地赴任は月の変わり目から。まだ二日ある。今から策を用意すれば、なんとか……！」

そう言ってザッハークは机で手紙を書き始める。宛先は、メルキスの赴任予定の村の現領主となっている。

「ふふふ。村がなくなってしまえばメルキスの行先はなくなる。そうすれば戻ってくるしかあるまい？」

口元を歪めながらザッハークは手紙をメイドに発送させる。

そして、カストルを呼びつけてこう言った。

「いいか、メルキスの村でこの後事件が起き、メルキスは村の領主になれなくなる。そこでお前が村に行って、メルキスにこう伝えるのだ『仕方ない。ハズレ才能《ギフト》持ちとはいえ、お前も血を分けた我が息子。特別に、伯爵家に戻ってくることを許してやる』とな。メルキスは喜んで話に飛びついてくるはずだ」

「承知しました。行ってきます、父上！」

――このとき、ザッハークは最悪の選択をしてしまった。

プライドを捨て、メルキスに素直に全ての事情を話して、謝って、『戻ってきてくれ』と言えば、全ては丸く収まったはずだった。

しかし、意地を張って『戻りたければ戻ってきてもいい』という言い方をしてしまった。

この選択が、ロードベルグ伯爵家の大ピンチを招くことになるのだった。

◇◇◇

僕が赴任先の村に着く寸前。

村では、遠目でもわかるほどの異変が起きていた。

「逃げろ逃げろ！　早くしないと命がないぞ！」

村の正門から、村人達が大慌てで逃げ出しているのだ。

「マリエルは危ないからここで待っていてくれ！」

僕は馬車から降りて、村人達の方へ駆け出す。

「すみません、今この村で一体何が起きているんですか⁉」

「アンタ、村の人間じゃねぇな⁉　〝瘴気〟だ！　近くの山から、天然の瘴気が噴き出して押し寄せてきてるんだよ！　元々この辺りでは瘴気が噴き出すんだ。大岩を置いて封印してたんだが、なんでかその封印が解けちまったらしい！」

なるほど、それは一大事だ。

「アレに飲み込まれたら人間なんて即死だぞ、アンタも急いで逃げな！」

そう言って村人さんは走り去ってしまった。

「もうこの村は終わりだ！」

「明日からどうやって暮らしていけばいいんだ」

村人さん達はそう口にしながら逃げ出していく。

まだ正式に着任していないとはいえ、領主として村の危機は見過ごせない。

「放せ！　放してくれ！」

一人の村人さんが、仲間に取り押さえられている。

「村の中にはまだ娘がいるんだ！　連れ戻しに行かせてくれ！」

「馬鹿、今から行ってももう間に合わないだろ！　お前まで死ぬ気か⁉　さっさと逃げるぞ！」

……どうやら、一刻の猶予もなさそうだ。

僕の〝ファイアーボール〟なら瘴気を吹き飛ばして多少時間稼ぎができるかもしれない。村の子供を探すべく、僕は村の中に突入する。

全速力で走り、村の通りをくまなく探して回る。

村の反対側まで来ると、山の裾から凄まじい量の紫色の霧のようなものが押し寄せてくるのが見えた。

「あれが、瘴気か……」

僕が今いる場所も、あと数十秒もすれば飲み込まれてしまうだろう。

そのとき、僕は瘴気を迎え撃つようにして立つ人影を見つけた。年は僕と変わらないくらい。修道服を着ている女の子だ。

「下級浄化魔法〝ホーリー〟」

シスターさんの両手が白く発光して、瘴気を受け止める。白い光に触れた部分の瘴気が消えていく。

「聖属性魔法で、瘴気を浄化しているのか……」

シスターさんが、こちらに気付いて振り返る。

「そこの方！　村の人間ではありませんね!?　どなたか存じませんが、そこの子供を背負って一緒に逃げてくれませんか!?」

シスターさんの視線の先には、小さな女の子がいた。

「私はここで少しの間でも瘴気を食い止めます！　長くは持ちません、早く！」

「でも、それではシスターさんが……」

「構いません！　この村で聖属性魔法を使えるのは私だけです！　私が時間を稼ぎます」

こうして話している間にも、瘴気にじわじわ押されている。だというのに、まるで怯んでいない。すごい覚悟だ。

だがだからこそ、この人を見捨てたくないと思ってしまった。僕の想いに応えるように、頭の中に声が響く。

『聖属性魔法〝ホーリー〟をコピーしました。

【根源魔法】

○使用可能な魔法一覧

・火属性魔法〝ファイアーボール〟

・聖属性魔法〝ホーリー〟[New!!]』

僕は押し寄せる瘴気に向かって手をかざす。

「聖属性魔法、〝ホーリー〟」

ゴウ、と。

まるで突風に吹かれたかのように、瘴気の大部分が吹き散らされていく。

「……え？　え？」

シスターさんは、瘴気を受け止めていたポーズのまま硬直している。

「今のは、私と同じ〝ホーリー〟ですか？　その威力、すごすぎでは……」

「瘴気は僕がなんとかします。シスターさんは、その女の子を連れて逃げてください」

「は、はい」

シスターさんは女の子を連れて逃げていく。それを確認して、僕は再び瘴気に向き合う。まだ瘴気は収まっていない。山の方から、まだまだ押し寄せてくる。

「ホーリー！　ホーリー！」

僕は聖属性魔法で瘴気を打ち消し続ける。が、キリがない。

「これは元を断たないとだめだな……」

僕は、瘴気の発生源へ向かう。

「しかし、すごいタイミングだな」

いや、本当に偶然なんだろうか。

領主が切り替わるタイミングで、これまでずっと抑え込んでいた瘴気が噴き出すなんてそんなことあるのだろうか。

考えながら僕は、瘴気の濃い方へと向かう。

「た、助けてくれぇ」

どこからか、助けを求める声がした。声の方へ向かうと、男性が倒れている。

特殊な魔法防御が施された全身甲冑《かっちゅう》を着込んでいる。きっと、耐瘴気用のものなのだろう。

そして男性を、数体のゴブリンが取り囲んでいる。ゴブリンが、手にした棍棒で甲冑を殴りつけている。

僕は剣でゴブリンを斬り払う。

「ありがとう、助かったよ。ところで君は……？」

「初めまして、メルキスといいます」

そのとき、僕は理解した。

何故このタイミングで瘴気が噴き出したのか。

これは、父上からの試練だ。魔法をコピーし、村を救ってみせろということなのだろう。

僕なら多少命が危なくても、村人を助けるために瘴気に立ち向かうだろうと父上は信頼してくれているのだろう。ここに、瘴気に備えた装備を身に着けた人がいるのが試練である証拠だ。

「なるほど、あなたが抑えられていた瘴気を解放してくれたんですね。あとで詳しく話を聞かせてください」

「ヒイイ！」

甲冑を着た男性は走り出した。きっと父上に、試練の成功を報告しに行ってくれたのだろう。

「さて、瘴気の大元を叩くとしよう」

瘴気は、山の裾に開いている洞窟から流れ出している。浄化しながら進むと、突き当たりに穴が開いていた。大きさは子供が這ってなんとか通れるほど。そして、そこから勢いよく瘴気が噴き出している。どうやら、ここが瘴気の大元らしい。

横には、魔法で加工された石が転がっている。きっとこの石が瘴気を封じ込めていたのだろう。

「聖属性魔法、〝ホーリー〟！」

渾身の聖属性魔法で、中に溜まっていた瘴気をまとめて浄化する。

…………………………

…………

……

しばらく様子を見てみるが、これ以上瘴気が出てくる様子はない。これでもう安心だろう。

「ん？　穴の奥にまだ広い空間があるな？」

僕は、穴に加減したファイアーボールを打ち込む。

すると洞窟の突き当たりの壁が崩れ落ち、その向こうにあった広い空間とつながる。

「これは……！」

そこには、天井と壁いっぱいに、うっすらと光る水晶が生えていた。触ると、どこか力を感じる。

「これはもしかして、魔石か……？」

魔石。

魔力を溜め込む性質を持つ、特殊な鉱石である。魔道具の材料としてよく使われる。

「瘴気が発生しやすい環境で魔石も生成されることが多い、という噂を聞いたことがあるな」

あれだけ濃い瘴気だったのだから、こんなに大量の魔石があるのも納得だ。

そのとき、僕の脳を閃きが駆け抜ける。

「まさか父上は、これも見越して……」

この魔石は、採掘して売り出せば新しい産業になる。父上はここまで考えていたというのか」

僕への試練と、瘴気の大元の除去と、村の新しい産業。この三つを一手にこめたというのか……。

僕は、光り輝く洞窟の地面に仰向けで倒れ込む。

「父上はすごいなぁ……」

器の大きさ。先を読む力。何もかもが規格外だ。

さすがです、父上。

一方の僕はと言えば、目先のことしか見えていない。自分の小ささを思い知らされる。

僕は父上のすごさを噛み締めながら、村の方へ戻った。

「あ！　あの方です！　自分の命を顧みず瘴気に突っ込んでいって、村を助けてくれた桁外れの聖属性魔法の救世主様は！　良かった、ご無事だったんですね！」

さっきのシスターさんが僕を指さす。無事に村人さん達と合流できたようで良かった。となりには、さっきの女の子も一緒だ。

「うおおおお！　ありがとうございます救世主様！」

「聞きましたよ！　村を救うため、命を顧みず瘴気に突っ込んでいってくれたと！」

「ありがとうございますきゅーせーしゅさま！」

僕は村人達にわっと囲まれる。

「良かった、無事だったんだねメルキス！」

マリエルも僕に飛びついてくる。涙で顔がぐちゃぐちゃになっている。

どうやら大分心配させてしまったようだ。僕はマリエルの頭を撫でる。

「あれ？　メルキス、何その綺麗な石は？」

「そうだ、忘れてた。これは〝魔石〟だ。瘴気の発生源になっていた洞窟で見つけたんだ」

僕が言うと、周りの村人さん達がどよめく。

「みなさん、あの山の裾の洞窟では、魔石が大量に採掘できることがわかりました！　これは村の新しい産業になりますよ」

すると村人さん達がまたワッと盛り上がる。

「村の危機を救ってくださった上に、新しい産業まで見つけてくださるなんてなんと素晴らしいお方でしょう！　あなたは、一体何者なのですか？」

と、シスターさん。

「そういえば、名乗っていませんでしたね。僕はメルキス・ロードベルグです。今日からこの村の領主を任されました。よろしくお願いします」

「「ええ、村を救ってくれたあなたが新しい領主様なんですか!?　こんなにお若いのに!?」」

村人さん達は全員、ポカンと口を開けて驚いていた。

領主が交代する、というのは前の領主代理から伝えられていたらしいが、新しい領主がどんな人かは聞いていなかったらしい。

「メルキス様なら、きっと俺達の暮らしを良くしてくれるぞ！」

と、ほとんどの村人さん達は喜んでくれる。

ただし、一部の冷静な村人達は少し心配そうな顔をしている。

無理もない。こんな成人したての若者に領主が務まるか、不安なのだろう。

正直なところ、僕も政治や経済については人並程度にしか勉強してきていないので、立派に領主が

務まるか自信がない。

「心配いらないよ！　確かにメルキスは若いし領地経営の勉強はしてきていないけど、代わりにこの私、メルキスの許嫁にしてノウゼン公国第四王女の、マリエル・レットハートがメルキスをサポートするよ！」

「「だ、第四王女様ですって……!?」」

村人達が驚きに目を見開き、一斉に頭を下げる。

「そんなにかしこまらなくっていいよ。メルキス、私は王家の人間として小さい頃からみっちり教育を受けてるから、政治とか領地経営の知識は十分あるよ。頼りにしてくれていいからね！」

そうだった。マリエルはお転婆な性格ではあるが、頭はとても良いのである。座学の成績は歴代王族の中でも最高峰らしい。

マリエルが領地経営を手伝ってくれるなら、とても心強い。

「メルキス様と第四王女マリエル様がいるならこの村は安泰だ！　メルキス様万歳！　マリエル第四王女様万歳！」

「「ばんざーい！」」

こうして僕達は、新領主として村人達に受け入れてもらえたのだった。

二章
ザッハークの陰謀

SAIKYOGIFT DE
RYOCHI KEIEI SLOWLIFE

一時間後。僕は一人で村の〝冒険者ギルド〟に来ていた。

周りにいる村人さん達に、『早速ですが、村で困っていることはありますか？』と聞いてみたところ、

『最近井戸が枯れて水が汲めないことがあるのよ』

『畑が狭くて十分な野菜を植えられねぇ』

『裏の山に恐ろしいドラゴンが生息しているって噂があっていつ村を襲いに来るか気が気じゃないんだ』

『家がボロくて建て直したいけど、みんな生活が苦しくてとてもそんな余裕がない』

『薪が足りなくて、このままでは冬を越せないかもしれん』

『お肉、お肉が食べたいです！』

などなど数多くの悩みが寄せられた。特に村の食料事情はとても深刻だ。

一人の村人の家に上がらせてもらって普段の食事を見たが、ヒドイものだった。しなびた野菜の味付けのないスープと、硬くなったパン。それも、大人一人分としてはとても足りない量だ。

肉は週に一回、少ないときだと月に一回しか食べられないという。

こんな食事では、体調を崩してしまう。早くお肉や野菜を安定供給できるようにしてあげたい。

しかし、今はもっと重い問題がある。それは、『いつモンスターが村を襲ってくるかわからない』ということだ。

ここソルダリ村は昼も夜も毎日のようにモンスターに襲撃されている。もちろん見張りを立てて、

モンスターが襲撃してきたらすぐに発見し、冒険者達が出動して撃退している。

だが、モンスターが村の柵を壊して入ってくるのを見張りが見逃してしまったら、村人に被害が出てしまう。

村を歩いていたら突然モンスターに襲われるかもしれない。村人の皆さんは、毎日そんな生活を送っているのだ。

これは最優先で解決するべき問題だ。

——というわけで、まずは冒険者達の仕事の様子を視察させてもらおうと、冒険者ギルドに来たのだ。

ちなみに、マリエルは自分の引っ越しのために別行動している。馬車一台分の最低限の荷物だけを持ってきた僕と違い、必要な家具などを荷馬車に載せて持ってきたのだという。

今日は護衛の騎士さん達と一緒にいるので安全だろう。

冒険者とは、モンスターの討伐や危険な場所の素材採取などを仕事にする者達だ。そして冒険者達に仕事を斡旋しているのが、冒険者ギルドだ。

なのだが……。

「大分建物が傷んでるなぁ……」

昔は立派に輝いていたであろう、剣と盾をモチーフにした看板は錆びている。木造の建屋も壊れている箇所に素人が釘で板を打ちつけただけだ。冬場は吹き込む風で寒そうだ。きっと予算不足なのだろう。早く村を発展させて、冒険者ギルドも施設を建て直せるくらい稼げるようにしてあげたい。

僕は蝶番《ちょうばん》が錆びた扉を開ける。机を囲んで談笑していた屈強そうな男達が、一斉にこちらを見る。

「おっと、これはこれは。領主サマじゃねぇですか。俺はタイムロット、ここの冒険者を取りまとめてる者です。領主サマはこんなむさ苦しいところになんの用です？」

ひと際大柄なスキンヘッドの男が、笑顔でこちらに向かってきた。

背中には巨大な斧を背負っている。なるほど取りまとめ役というだけあって、他の冒険者よりも雰囲気がある。

「領主として、この村の冒険者達の視察に来ました。モンスターの襲撃があったとき、一緒に連れていってほしいのです」

「領主サマが直々に戦闘現場を見に来るですって？　本気ですかい？」

「もちろん本気です。この村を発展させていくために、皆さんが戦っている様子を見せてもらうのは必要なことですから」

「勘弁してくだせぇ、領主サマ。最前線でモンスターと戦ってるところなんて危ないですぜ。領主サマは、安全なところにいてくだせぇ」

「いえ、そういうわけにはいきません。なんとしても視察させてください」

「……いや本当に勘弁してくだせぇ！」

「!?」

突然、すごい勢いでタイムロットさんが頭を下げた。

「さっき領主サマが瘴気から助けてくださったのは俺の娘です！　領主サマには、返しきれないほどの恩がありやす。そんな恩人を危険に晒すわけにはいきやせん」

思い出した。この人は、さっき村の中に取り残されていた女の子の父親だ。

「モンスターとの戦闘は、いつも命懸けです。正直に言って、モンスターから絶対に領主サマを守り切れる自信はありやせん。なのでどうか、視察は考え直してくだせぇ」

タイムロットさんは必死に頭を下げる。そういえば僕は、村に来てまだ聖属性魔法しか使っていない。きっと村人達は僕が剣や攻撃魔法も使えることを父上から聞いていないのだろう。

「僕の心配はいらないです。自分の身を守れる程度には強いですから」

「いやいや、そうは言っても危ないものは危ねぇですから。視察に来ていただくわけにはいきやせん」

そこでふと疑問に思う。なぜ冒険者の皆さんは、恩人とはいえこんなに僕の身を気遣ってくれるのだろう。きっとこの人達は父上から『我が大事な息子、メルキスのことをしっかり守ってやってくれ』と頼まれているのだろう。それなら全て納得がいく。

――本当に……。

父上ってば……。

過保護なんだから!

息子を想う気持ちが強いのはわかるが、僕ももう一五歳。成人だ。心配しすぎだ。

ちょっと息子愛が強すぎますよ父上!

しかし敬愛する父上から大事にされているというのは、悪い気はしない。

「もしどうしても視察を諦められないというのであれば、領主サマに何があっても自分の身を守れるってことを証明してくだせぇ」

そう言ってタイムロットさんが、冒険者ギルドの奥から木製の武器が入った箱を引きずってきた。

「これは模擬戦用の武器です。模擬戦で領主サマが勝てば、視察を許可しやす。領主サマが負けたら、視察は諦めてくだせぇ」

「わかりました。やりましょう」

僕達は冒険者ギルド裏手にある、訓練場に移動する。試し斬り用の丸太が何本か立っている以外何もない、単なる空き地だ。

「ルールは簡単。先に相手に一撃入れた方の勝ち。寸止めでも構いやせん。……視察に来れば、領主サマの命も保証できやせん。悪いですが、なんとしても視察は諦めてもらいやす」

覚悟を決めた顔でタイムロットさんが木製の斧を構える。

刃の部分には布を巻きつけてあるので、くらってもケガをすることはないだろう。僕が渡された木製の剣も同じだ。

「タイムロットさん！　領主サマの命を守るために絶対に勝ってくれー！」

「村で最強のタイムロットさんが負けるはずねぇ！　頼むぜタイムロットさん！」

他の冒険者達が、訓練場を囲んではやし立てる。

「それじゃ行きやすぜ領主サマ！　模擬戦、開始！」

タイムロットさんが斧を構えて突撃してくる。

僕の見立てでは、タイムロットさんの実力は王国騎士団中堅クラスか、それよりやや上。【根源魔法】を手にする前の僕であれば、苦戦する相手だ。

コピーした〝ファイアーボール〟を使えば当然勝てる。だが、僕はまだ魔法というものを扱い慣れていない。上手く威力を加減できる自信はない。タイムロットさんを訓練場ごと消し飛ばさない自信はない。魔法を使うわけにはいかない。

「剣で戦うしかないか……！」

僕は剣でタイムロットさんの攻撃を迎え撃つ。

〝ガツッ！　ガツッ！〟

何度も斧と剣が激突する。

「驚きやした。領主サマ、お若いのに村で最強の俺とほぼ互角に打ち合うなんて……！」

そこで、タイムロットさんは後ろに下がって間合いを取る。

「ですが、俺にはこいつがあるんですわ」

そう言って、タイムロットさんは魔法の詠唱を始めた。

「……発動、身体能力向上魔法〝フォースブースト〟！」

タイムロットさんの体から、うっすらと闘気が立ち上っているのが見える。

「これは勝負あったな！　〝フォースブースト〟の魔法を使ったタイムロットさんは、スピードもパワーも耐久力も、普段の約一・五倍！　こうなったらまさに無敵！　もう誰にも止められねぇ！」

外野の誰かがそう口にする。

「行きやすぜ領主サマ！　今度こそ決着をつけやすぜ！」

タイムロットさんが猛然と突撃してくる。その迫力は、さっきとはまるで比べ物にならない。だが、僕の方も魔法のコピーが完了した。

『身体能力魔法〝フォースブースト〟をコピーしました。

【根源魔法】
○使用可能な魔法一覧
・火属性魔法〝ファイアーボール〟
・聖属性魔法〝ホーリー〟
・身体能力強化魔法〝フォースブースト〟［New!!］』
「〝フォースブースト〟、発動」

その瞬間、僕の目に映るもの全ての動きが遅くなる。まるで時の流れが遅くなったかのようだ。僕に向かって突撃してくるタイムロットさんの足元で、弾け飛ぶ砂利の一つ一つまではっきりと目で捉えることができた。

どうやら僕の身体能力は、全て普段の数十倍まで向上しているようだ。

タイムロットさんが僕に向かって斧を振り下ろす。その動きを、僕は完全に見切り、剣で弾く。

〝カアァァンッ!!〟

木製武器同士の衝突とは思えない甲高い音が響く。タイムロットさんの斧は宙高く舞い、落下してきた。

「――馬鹿な。俺の振り下ろしを見切っただと？」

タイムロットさんは信じられないような顔をしていた。

「これで、僕の視察を認めてもらえますか？」

「……いや、まだですぜ！　確かに領主サマは強い。だが、その程度では『現場を見に来ても絶対に安全』とは言えやせん。おい野郎ども！　お前らも交じれ！　なんとしても視察を諦めさせるんだ！」

これまで周りで見ていた冒険者さん達が、模擬戦用の武器を手に取って一斉に襲い掛かってきた。

「これも領主サマの身を守るためです！　悪く思わないでくだせぇ！　野郎ども、やっちまえ！」

「「おおー!!」」

完全に悪役のセリフだ……！

『いくらなんでもその人数は卑怯ですよ！』と言おうとして、僕はやめた。

父上が教えてくれた『ロードベルグ伯爵家　家訓其の一二』を思い出したのだ。

――ロードベルグ伯爵家の教え其の一二。『騎士道精神を持ち、正々堂々戦え。ただし、相手に正々堂々戦うことを求めるな』

正々堂々戦うのは、当然のことだ。ただし、相手がいつも正々堂々戦ってくれる相手とは限らない。騎士として、盗賊を相手にすることもある。盗賊に負けて『盗賊が正々堂々戦わないから負けたんだ！　正々堂々戦ったら勝っていた！』などと言い訳するのは、あまりに情けない。

どんな相手とも戦えなければ、一人前とは言えない。まして僕がこれから視察に行こうとしているない。


のは、モンスターと戦う現場だ。

『冒険者さん、正々堂々と真っ向から一対一で戦いましょう。よろしくお願いします』

なんて言ってくれるモンスターはいない。モンスターは背後から襲ってくるかもしれないし、一〇倍以上の数で襲い掛かってくるかもしれない。知能が高ければ罠を張るものもいるだろう。

そんなモンスター達から自分の身を守れると証明するには、この程度の逆境でも勝たなければならない。

「なんだ、領主サマの姿がかき消え――!?　ぐはぁ!」

僕は囲まれないように超スピードでかく乱しながら、一人一人冒険者さん達を撃破する。もちろんケガをさせないよう、手加減して軽く剣を当てるだけだ。

――こうして、冒険者さん達全員を倒すことができた。

「おみそれいたしやした!　まさか領主サマがここまでお強いとは!」

タイムロットさんと冒険者さん達がビシッと揃って頭を下げる。

「ここまで強いなら領主サマはどこにいても安全です!　どうぞ、俺らの仕事ぶりを見ていってくだせぇ!」

「「「見ていってくだせぇ!」」」

こうして僕は、村を守る冒険者さん達の仕事を視察させてもらえることになった。

◇◇◇

「皆さん。おつかれさまでしたー。びっくりしましたよ、メルキスさんあんなにお強かったんですね」

冒険者さん達との模擬試合の後、シスターのリリーさんがひょっこりとやってきた。

「あら、肘のところに擦り傷ができていますよ。すぐ治しますね」

リリーさんが一人の冒険者さんに下級回復魔法〝ローヒール〟を使って擦り傷を治す。その様子を見ていたことで、僕の使用可能魔法に〝ローヒール〟が追加された。

・火属性魔法〝ファイアーボール〟
・聖属性魔法〝ホーリー〟
・身体能力強化魔法〝フォースブースト〟
・治癒魔法〝ローヒール〟［New!!］

これで冒険者さん達の誰かが怪我をしても、治してあげられるだろう。

「どうしてシスターのリリーさんが冒険者ギルドにいるんですか？」

「この村には回復魔法が使えるのは私しかいないので、冒険者さん達のお手伝いをしているのですよ」

そう言ってリリーさんは、僕を拝んだ。

「……リリーさん、一体何をしているのです？」

「聖書には、『女神アルカディアス様は人間が窮地に陥ったとき、救いの使徒を送りこむ』とあります。私には、わかりました、メルキス様こそ、神からの使いなのだと」

「いえ、違います」

「ご存知と思いますが、才能《ギフト》は女神アルカディアス様より与えられるものです。そして人類の危機が迫ったとき、女神アルカディアス様は人間を選び、使命とともに強力なギフトを授けるのです」

「三〇〇年前に魔族を倒して世界を救った〝勇者〟のようなものですか」

「はい。そして私は確信しています。女神アルカディアス様はメルキス様こそを選んだのだと」

「そんな、まさかぁ」

確かに【根源魔法】は強力無比な才能《ギフト》だ。だが、僕が女神アルカディアス様の使徒というのはあまりに信じがたい話だ。特に信託のようなものも授かった覚えはない。

「信託は、後から授かる場合もあります。メルキス様もいずれ女神アルカディアス様の声を聴くことになるでしょう。そして実は、私には初めてお会いしたときから、メルキス様のことが特別な存在だとわかっておりました」

「はい？」

「メルキス様を一目見たときから、ずっと胸の奥が熱くなる思いがしておりました。メルキス様の近くにいると、心臓がドキドキするのです。これはメルキス様が特別な存在である証拠に違いありません」

「勘違いです。心臓病の一種だといけないので一度医者に診てもらいましょう」

「いえいえ。メルキス様はアルカディアス様の使いに間違いありません」

そう言って、またリリーさんは僕を拝みだす。

「〝勘違い〟というのは、厄介なものだなぁ……」

僕の口からはふと、そんなため息交じりの言葉が漏れた。思い込みが激しいリリーさんの勘違いは、なかなか解けそうにない。僕も〝勘違い〟など起こさないようにしないと。

〝カンカンカンカンカーン!!〟

突如、村中に甲高い金属音が響く。周りにいた冒険者さん達の顔が引き締まり、戦闘態勢に入る。

「領主サマ、これは見張りが鳴らしている、モンスターの襲撃を知らせる鐘です！　急ぎやしょう！早く迎え撃たないと村人に犠牲が出やす！」

僕は頷き、冒険者さん達とともに、モンスターの襲撃があった方へ走り出す。

「――見えた！　領主サマ、あそこです！」

タイムロットさんが指さす先では、今まさに村を囲む柵を壊してゴブリンの群れが入り込んでこようとしていた。

そして、その近くでは一人の小さい女の子が腰を抜かしている。

「馬鹿！　あれほど柵の近くでは遊ぶなって言ったのに！　おい逃げろ!!　頼むから逃げてくれ!!」

どうやらあの子供は、タイムロットさんの娘らしい。タイムロットさんが必死な顔で叫ぶが、それでもタイムロットさんの娘は腰が抜けたまま動けない。ゴブリン達は、あと一〇秒もあれば柵を壊して村に入ってくるだろう。

そこからタイムロットさんの娘を殺すまで、一秒と掛かるまい。一方僕達はまだまだ柵から遠い場所にいる。ここから走って子供を助けに行くまで、六〇秒は掛かるだろう。

――普通に走れば。

「〝フォースブースト〟発動！」

僕は馬より遥かに速い、突風のような速度で地を駆ける。そしてその勢いのまま、柵をぶちぬいてゴブリンの顔に跳び蹴りを見舞う。

大砲の弾のような勢いで、ゴブリンが他のゴブリンを巻き込んで吹っ飛んでいく。巻き込まれなかったゴブリン達も、何が起きたのか理解できないらしく動きが止まっている。

「隙あり、〝ファイアーボール〟！」

そこへ、極大ファイアーボールを打ち込み、一掃。ゴブリンの群れは、跡形もなく消し飛んだ。


「本ッッッ当にありがとうございました領主サマ！　ゴブリンから守っていただいて、今日一日で、あなたには二回も娘の命を救っていただきやした!!」

タイムロットさんは、僕に追い付くや否やすごい勢いで頭を地面にこすりつけ始めた。

「領主サマは娘の命の恩人です！　領主サマのためなら俺は命だって捨ててやりますぜ！」

「いえその、命は大事にしてください……」

「ほら、お前もお礼を言うんだ」

「りょ、りょうしゅさま、ありがとうございました……」

タイムロットさんに言われて、娘さんがおずおずと頭を下げる。まだゴブリンに襲われかけた恐怖が残っているのだろう、肩が震えている。

「何度も言っただろう、柵の近くで遊んじゃだめだって……。本当に、どれだけ危なかったか」

「パパ、ごめんなさい……」

「全くお前ってやつは……。本当に、本当に無事で良かった……!!」

タイムロットさんが、娘を力強く抱きしめる。目からはとめどなく涙が流れていた。

あの幸せな家庭を守れて、本当に良かった。

「茶番はそれくらいにして、仕事始めさせてもらっていいっすかね?」

ポケットに手を突っ込んで、一人の男が出てくる。なんだか、他の人とは違って、横柄な態度だ。

その男は地面に手をつき、魔法の詠唱を始める。

「発動、地属性魔法〝ソイルウォール〟!」

すると地面が盛り上がり、どんどん上に向かって伸びていく。そして、まわりの壁と同じ高さまであっという間に成長した。

「あの男は、別の村から出張で来ている壁の修理屋さんです。報酬金は足元を見ますし、態度も悪いのですが。この村には、壁を直せる者がいないので、仕方なく来てもらっているのです」

シスターのリリーさんが僕の耳元でささやいて教えてくれる。

辺りを見ると、木製の柵の間にあちこち土の壁が立っている。今のように、柵が壊されるたびに土の壁で補修してきたのだろう。

「聞こえてるぜお嬢ちゃん。おいおい、こんななんの取り柄もない、人材も資源もないクソ田舎まで来てやってるのにひでーこと言うじゃねえか」

クソ田舎だって……？

僕はこの村に来たばかりだが、それでもこの村のことを悪く言われるのは腹が立つ。

「それよりも、ちゃんと今日の分の料金は払えるんだろうな？　ツケにしてくれってのはなしだからな？　現金で払えなきゃ、そこのシスターちゃんに体で払ってもらうからな？」

「馬鹿にしないでください。この村には、あなたを雇う程度のお金は残っています。あまり汚い言葉を使わないでください」

リリーさんは、唇を噛んで屈辱に耐えていた。

「なんだよ、俺に文句があるのか？　俺がいないと、壁の穴を塞げないくせに。いいんだぜ？　俺はこんな田舎に来てやらなくたって」

そのとき、僕の頭の中に声が響く。

『地属性魔法〝ソイルウォール〟をコピーしました。

【根源魔法】
○使用可能な魔法一覧
・火属性魔法〝ファイアーボール〟
・聖属性魔法〝ホーリー〟

・身体能力強化魔法〝フォースブースト〟
・回復魔法〝ローヒール〟
・地属性魔法〝ソイルウォール〟［New!!］』
「わかりました。では、もう来ていただかなくても大丈夫です」

「へ？」

僕はコピーした魔法を使う。

「発動、〝ソイルウォール〟!!」

その瞬間、地面が揺れる。

できたばかりの土の壁を飲み込みながら地面がせりあがっていき、どんどん上昇する。最終的に、高さ一〇メートル近い高さの土の壁が出現した。壁は厚さも四、五メートルはありそうだ。きっと、大砲の弾だろうと防ぐだろう。

「メ、メルキス様！　これは一体!?」

リリーさんが目を白黒させながら尋ねる。

「僕も試しに〝ソイルウォール〟の魔法で壁を作ってみました。いやー、まさかここまで大がかりな壁が出現するとは思わなかったですけどね」

周りにいた全員があんぐりと口を開けて驚いている。

「流石領主様、いい仕事してくれるぜ！」

「もうあんな態度の悪い地属性魔法使いにムダ金を払わなくて済むんだ！」

冒険者さん達からは壁は好評のようだ。良かった。

呆然と壁を見上げていた地属性魔法使いさんは、

「馬鹿な、俺が二〇年かけて身に付けた魔法が、こんな若造に越されただと……!?」

と地面に膝をついて落ち込んでいる。

「さあ、お前の仕事はもうこの村にないぜ。せめてお前の実家がある村まで送ってやるよ」

タイムロットさんが地属性魔法使いさんの腕を引っ張って連れていこうとする。

「ま、待ってくれ！　実は俺、この村以外では壁の修理の仕事がないんだ。他の村には、もう専属の地属性魔法使いがいるんだよ！」

「あなたの態度が悪いので他の村で雇ってもらえなかっただけでは？　自業自得でしょう」

「ぐ、ぐううぅ」

リリーさんが正論で突き刺すと、地属性魔法使いさんはなにも言い返せず黙ってしまった。

地属性魔法使いさんも、元の村に帰れば壁の修理の仕事はなくても農作業の手伝いなどはさせてもらえるだろう。飢えて死ぬことはないはずだ。地属性魔法使いさんは、おとなしくタイムロットさんに連れられていく。

「メルキス様、回復魔法だけでなく地属性魔法も使えたのですね」

「いえ、僕はギフトの力で見た魔法を全てコピーして使うことができるのです」

「見た魔法を全て……!?　やはりメルキス様は神の使い……ありがたやありがたや。ていうか、見ているだけで何故か幸せな気分になれる……！」

またリリーさんが僕を拝み始めるが、スルーすることにした。

僕は少しずつ加減しながら何度か〝ソイルウォール〟を発動して、壁に階段を作る。壁を登って上から見る景色は、素晴らしいものだった。

村を囲む樹々。遠くに見える湖が、夕日を反射して茜色に染まっている。吹き抜ける風が心地いい。これまでいた王都にはなかった、雄大な自然を全身で感じられる。

村人も、皆いい人ばかりだ。試練などとは無関係に、この村に来て良かった。ここでの暮らしをもっと豊かにして、最高の村にしたい。

試練を抜きに、僕はそう思うのだった。

「じゃあ早速、領主としての仕事にとりかかろう」

僕は〝ソイルウォール〟を使い、村の周りにどんどん壁を作っていく。その様子を見て、村人達がどよめく。

「領主様。も、もしかして……？」

「はい。この村全体を、この巨大な壁で囲おうと思います」

「「「うおおおおお！！！」」」

村人達から歓声が上がる。

「これならモンスターに攻撃されたくらいじゃビクともしないぜ！」

「前の壁はいつ強力なモンスターにぶっ壊されるか不安だったんだ。これで安心して暮らせる！」

「もう夜中に敵襲で叩き起こされることもなくなるんだ！」

「守りの固さならもう王都にも並ぶんじゃないか!?　領主様の魔法すごすぎるぜ！」

「メルキス様ありがたや……メルキス様ありがたや……」

村人達の喜びようを見ると、僕が思うよりも『いつモンスターの群れが壁を破って入ってくるかわからない』という恐怖は大きかったらしい。

村の正面と裏だけは小さく門を開けておき、それ以外は、全て〝ソイルウォール〟の壁で囲う。なんとか完全に日が落ちるまでに作業を終えることができた。村をおおった土の壁は、まるで王都の城壁のようだった。

「壁の上から、村に近寄ったモンスターを弓で倒せば楽にモンスターの素材が手に入るぜ！　回復ポーションが要らないから黒字間違いなしだ！」

冒険者さん達の仕事が減って、稼ぎがなくなってしまうかもしれないと心配もしたが、そんなこともないようで良かった。

こうして、僕の領主としての初日の仕事は大成功で終わったのだった。

○○○○○○○○○村の設備一覧○○○○○○○○○○

①防壁

○○○○○○○○○○○○○○○○○○○○○○

防壁づくりが終わったときには、既に辺りは薄暗くなってきていた。

僕は冒険者ギルドに預かってもらっていた、引っ越しの荷物を回収して新居へ向かう。

この村で僕は、前の領主の邸宅を引き継ぐことになっている。あらかじめ聞いていた住所に行くと、田舎の領主として不相応なくらいに大きい屋敷と庭が見えてきた。

……そして何故か、明かりがついている。

「なんで明かりが……？　まさか、手違いで前の領主がまだ住んで……？」

「あ、メルキスおかえりなさーい！　遅かったね」

玄関から、勢いよくマリエルが飛び出してきた。

「なんでマリエルが僕の家に⁉」

「あれ、言ってなかったっけ？　私も当然ここに住むよ？」

「聞いてない！」

「婚約者同士なんだから、同棲くらいしてもなんも問題ないよね？」

確かに問題ないと言えばないのかもしれないけれど、心の準備ができていない。

「でも、父上《国王》には、同棲することは内緒にしてあるからね。メルキスも口裏を合わせておいてね」

と言ってマリエルは人差し指を唇に当てる。

……国王陛下にバレたら、もしかしてこれめちゃくちゃ怒られるのではなかろうか。

「家具は私の方で一式用意しておいたよ。使いづらいものなんかがあれば、買い直すから相談してね。メイドも二人、私の方で雇って連れてきているよ」

玄関にいた二人のメイドがうやうやしく頭を下げる。

「それじゃ早速、夕食にしようよ」

ダイニングでは、既に大理石のテーブルの上に温かい料理が並んでいた。

「こうして自分の家に帰ってきたらマリエルがいて、一緒にごはんを食べられるなんて嬉しいな。なんだか新婚みたいだ」

「ししし新婚⁉」

椅子からマリエルが転げ落ちる。顔が真っ赤だ。やはり風邪なのではないだろうか。安静にしてほしい。

引っ越し作業はまだ続いているらしく、食事中も商業ギルドの運送員さんが荷物を運び込む音が続いていた。

――そして夕食を終えた頃、事件は起きた。

〃ズドド！　ゴン！　メキメキィ！〃

何か重いものが、滑り落ち、ぶつかり、壊れる音がした。慌てて音のした方を見に行くと、階段の下で高級そうな木製のベッドが無残に壊れていた。どうやら運送員さんが手を滑らせてベッドを階段から落としてしまったらしい。

幸い、誰にも怪我はないようだ。僕は胸を撫でおろす。

「申し訳ございません、マリエル様！　すぐに新しいものを手配いたします‼」

運送員さんが顔を真っ青にして何度も頭を下げる。

するとマリエルは、

「でかしたよ！」

「「……へ？」」

「こほん！　なんでもない！　壊れちゃったものは仕方ないよ。気にしないで。新しいベッドの手配もゆっくりでいいよ。ゆっくりで」

マリエルは元々優しいが、今日は特に優しい。まさか文句一つ言わないとは。

「これは願ってもないチャンス……自然な流れで一緒に……うん、いけるいける……」

そして、何故かとても落ち着かなそうにソワソワしている。水浴びを済ませて寝室に行くと、ベッドに部屋着姿のマリエルが腰掛けていた。

「ほら、ベッドが一つ壊れちゃったからさ……。ベッド半分貸してよ。し、仕方ないじゃん事故なんだから！」

マリエルが、僕と同じベッドで寝るだと!?

そんな、そんなことって――！

いや、落ち着け僕。この程度で心を乱されるとは、僕もまだまだ未熟だ。

わかっている。当然、これも試練だ。

――ロードベルグ伯爵家の教え其の八四。『どんな状況でも、冷静さを失うな』。

これは『如何に誘惑の多い状態でも心を乱さない』という修行なのだ。この状況で動揺して寝つけないような未熟者は、ロードベルグ家に相応しくないということなのだろう。そしてもし仮に、マリエルに手を出そうとしたならばどうなるか……！

『メルキス、そんなことしようとするなんて見損なったよ。サイテー。父上に頼んで婚約も解消してもらうから。あと、私の前に二度と現れないで』

『この馬鹿息子ぉ！　婚約者とはいぇ結婚前の女子に手を出そうとするとはなんという俗物だ！　お前などロードベルグ家から追放だ！』

『メルキス君、我が娘に手を出そうとしたな！　許さんぞ、国家反逆罪で処刑じゃ！　誰かギロチン持ってこーい！』

となること間違いなし。

……だが問題ない。この試練、絶対に乗り越えてみせる。

「メルキス……やっぱり（一緒に寝るなんて）嫌だよね……？」

「いや、（試練を）全力で受けて立とう」

「ぴぇ!?」

本日三度目の蒸気を頭から噴き出すマリエル。うーむ、結構重い風邪かもしれない。早く寝て元気になってもらわないと。

「さぁ、早く布団に入って」

「…………うん。よろしくおねがいしましゅ……」

マリエルは恐る恐る布団に入る。

「ねぇメルキス、こういうことは経験あるの……？」

マリエルがこっちに寄ってきて、耳元でささやく。

『こういうこと』？　領地経営のことだろうか？

「いや、ないよ。だから正直不安だけど、同時にワクワクもしている」

「ワクワク!?　へぇ、メルキスもそういう感じなんだ……意外と積極的……」

「授かったギフト【根源魔法】も使って、どんな領地経営《こと》ができるか試してみたいんだ」

「待って、あのむちゃくちゃ強いメルキスの才能《ギフト》使っちゃうの!?　こんなことに!?」

「〝こんなこと〟、じゃない。とても大事なことだ」

「そう、だよね。大事なことだよね」

うん、村の発展はとても大事なことだ。

「だから、才能《ギフト》の力をガンガン使っていこうと思う」

「ガンガン使う!?」

「そしてバリバリ（成果を）出したい」

「バリバリ出したい!?」

「僕はロードベルグ家で、力には義務が伴うと教えられてきた。才能《ギフト》という力を手にしたら、正しく使う義務があると思うんだ」

「何を教えてるのさロードベルグ家は！」

「よーし、父上に認めてもらえるよう、頑張るぞ！」

「ちょちょちょちょっと、こんなことお父さんに報告しないでよね!?　恥ずかしいよ!!」

何故だ？　村が発展して恥ずかしいことなど何もないと思うのだが。

「僕は必ず、（村人達を）幸せにしてみせる」

「うん、わかった。……いっぱい幸せにしてね？」

マリエルが目を閉じてこちらに顔を向けてくる。

もちろん、マリエルもこの村の住人の一人だ。幸せにしてみせる。

——というわけで。

寝るか。

明日も朝から領地経営の仕事だ。休みはしっかりとらなくては。

「メルキスの体、昔に比べてずっとたくましくなったよね……」

マリエルがこっちに来て、僕の腹の上に頬を乗せる。柔らかい手のひらが、服の上から僕の腹筋を撫でまわす。

うーむ、僕の精神を揺さぶると同時に、筋肉の付き方をチェックされている。毎日の筋力トレーニングをサボったら父上に報告されるわけだな。

「え、えいっ」

マリエルが思い切ったように、僕の上にのしかかってくる。柔らかい感触が皮膚を通じて僕を襲う。

マリエルの豊満な胸が僕の胸の上に乗って潰れているのがはっきりとわかってしまう。

——さて、明日も早いし今度こそ寝つくか。僕は精神を乱さないことに集中する。

「……あれ、メルキスもしかして寝ちゃったの？」

マリエルが耳元でささやくが、僕は精神統一に集中する。

「メルキスと一緒にいると、すっごく落ち着く……」

今度はマリエルが僕の胸に顔をうずめてささやく。

本当は今すぐ可愛いその頭を撫でたり、小柄な体を抱きしめ返したりしたいが、そんなことをしたら試練失敗だ。

そんなことをしたら――

そんなことをしたら――――

僕は本当に実家から追放されてしまう！

実家追放なんてされたくない！

これまでで一番過酷な試練だが、なんとしても乗り切ってみせる。僕はそう決意を固め、集中してなんとか眠りにつくことができたのだった。

◇◇◇

ある日の早朝。

僕は、村の周りを走っていた。伯爵家にいた頃からの習慣で、毎朝の鍛錬だ。

領主としての仕事も大事だが、一人の剣士として技や体がなまらないように、毎日の鍛錬は怠らない。それに習慣が体に染みついてしまっているので、鍛錬を怠ると落ち着かないのだ。

村の周りを三周したあたりで、ちょうど村の正門に馬車が止まるのを見つけた。

「あれは……」

馬車から降りてきたのは、なんと弟のカストルだった。

「カストルじゃないか！　どうしたんだ、わざわざこんなに遠いところまで来て」

「くっくっく。思ったより元気そうだな、メルキス兄貴」

――なるほど。

まだ僕がいなくなって二日目だというのに、カストルはもう寂しくなって僕に会いに来てしまったんだな。

本当に、可愛い弟め。

「まさかまだメルキス兄貴が生きてるとはな。強力なモンスターがうじゃうじゃ出て、食うものにも困るほど貧しい村だって聞いたから、てっきりもうくたばってたのかと思ったぜ。けっけっけ」

「カストル……！」

僕のことを心配してくれたのか、カストル。なんて心の優しい弟なんだ。

「心配ない。僕は大丈夫だ。一緒に来たマリエルも元気にしているぞ。今朝も、僕の腕を勝手に枕にして寝ていた」

「マリエル王女がメルキス兄貴の腕を枕に!?　もしかして、一緒のベッドで寝てるのか!?」

「ああ。昨日（の心を平穏に保つ修行）も激しかったぞ」

「は、激しかった？　激しかっただと……!?」

カストルが何やら悔しそうな顔をしている。そうか。カストル、お前ももっと上のレベルの修行に挑みたいんだな。

修行から逃げていたカストルが、修行に前向きに取り組めるようになったようで僕は嬉しい。

「ま、まぁいい。それよりも、父上から伝言だ。『どうしてもロードベルグ伯爵家に戻ってきたいというならば、今だけ特別に許してやらんでもない』とのことだ」

「戻ってきてもいい、だって……!?」

なるほど。

これは——

父上も、僕のことを心配してくれてるんだな。

修行が辛くて、どうしても無理で挫折してしまったなら、修行を断念して帰ってきてもいいということだ。

「どうだ？　父上の優しさに感謝して、泣いて喜べよメルキス兄貴。俺もまぁ、帰った方がいいんじゃないかなー、と思うぜ」

かつてないほど父上との、カストルとの絆を感じる。気を緩めると、涙があふれてしまいそうだ。

きっと父上とカストルも、僕がいなくなって寂しがっているのだろう。僕がいなくなった後のロードベルグ家の様子が目に浮かぶ。

『父上、メルキス兄貴がいなくなって俺は寂しいです』

『寂しいだと!?　カストル、女々しいことを抜かすな！』

『そういう父上だって、メルキス兄貴がいなくなってから食欲がだいぶなくなってるじゃないですか』

『ち、違う！　これはダイエットだ！　メルキスがいなくなったくらいで、俺は寂しがったりなど、寂しがったりなどしない！　……だが、メルキスが早く一人前になって戻ってきてほしいと思うのは、確かだ』

――きっと二人はこんな会話を繰り広げているに違いない。

僕もあの温かな空間に戻りたい気持ちはある。

だが僕はまだ半人前。修行を終えて一人前になるまで、ロードベルグ伯爵家には戻れない！

「カストル、父上に伝えてくれ。僕は（修行を終えて一人前になるまで）ロードベルグ伯爵家に戻らない、と」

「（巨乳王女様とのイチャラブ辺境スローライフが楽しすぎるので）ロードベルグ伯爵家に戻らない、だと……!?」

カストルが歯ぎしりする。そうか、そんなに僕に戻ってきてほしいのか。寂しがり屋な弟だなぁ
（でもそこが可愛い）。

「用はもうないな？　じゃあ、僕はランニングに戻るよ」

これ以上ここでカストルと話していると、涙があふれてしまいそうだ。僕はカストルとの会話を早々と切り上げて、その場を後にする。本当はもっとカストルと喋っていたいのだが……。

「心配してくれてありがとうございます父上。ですが僕は大丈夫です、なんとしてもこの試練を乗り越え、一人前になってみせます！」

僕は決意を新たにし、これまでより一層試練に熱意をもって取り組むのだった。

◇◇◇

カストルがメルキスの村を訪れた翌日。

「只今戻りました、父上。メルキスは『ロードベルグ伯爵家に戻る気はない』と言い切りました」

「なんだと……!? ハズレギフト持ちの分際で生意気な！ 絶対に許さんぞ！」

カストルからの報告を受けたメルキスの父ザッハークは、額に血管を浮かび上がらせて激怒していた。

「こうなれば実力行使だ！ 金はかかるが仕方ない！ 俺の裏のコネクションを使って、メルキスに刺客を送り込む。殺しはしないが、領主が務まらない程度に再起不能にしてやれば、メルキスも戻ってこざるを得まい！」

「流石です父上！ なんとしてもメルキスを呼び戻してマリエル王女と結婚させて、ロードベルグ伯爵家を侯爵に引き上げてもらいましょう。へっへっへ！」

二人は笑いあう。

しかし、この選択もまた失敗に終わり、ロードベルグ伯爵家を破滅へ一歩近付けることになるのだった。

◇◇◇

「パンパカパーン！　メルキスに問題です。今日はなんの日でしょうか！」

ある日の朝。

日課のランニングを終えて屋敷に戻ってきた僕を、ハイテンションのマリエルが出迎えてくれる。

「もちろん覚えてるよ。マリエルの誕生日だ」

「せいかーぃ！」

当てると、それだけでマリエルが嬉しそうに部屋の中をぴょんぴょこ飛び跳ねる。

僕は自室に戻り、プレゼントを引き出しから持ってきた。

「マリエル、あらためて誕生日おめでとう」

僕はマリエルにプレゼントの紙包みを差し出す。僕が選んだのはバレッタだ。夜会のドレスにも合わせられるように派手すぎない大人っぽいデザインを選んだつもりだ。そしてさりげなく、マリエルが好きな花であるヒマワリがモチーフになっている。

今日のためにひと月前から準備していたものだ。

「ふおおおぉ……！　メルキスが選んでくれたバレッタ！　ヒマワリのデザインが入ってて超可愛い……！」

マリエルが目を輝かせながら、ヘアピンを高く掲げて眺めている。気に入ってもらえたようで、一安心だ。

「ありがとうメルキス、大事にするね！　国宝として宝物庫で大事に保管するね！」

それは止めてくれ。

「ねぇメルキス、着けて着けて～！」

マリエルが頭を差し出してくる。

「慣れてない僕よりもメイドさんに頼んだ方がいいと思うけどな……」

「駄目です。王女命令です。メルキスが私の髪にバレッタを着けなさい」

王女命令まで持ち出してきた。付き合いが長いので僕はよく知っている。こうなったらマリエルは聞かないのだ。

僕はマリエルのサラサラの髪に触れる。

当然僕は女性の髪に装飾品を着けたことなどない。どの辺りに着けたらいいのかまるでわからないぞ……！

「うーん。この辺りに着けるのが一番可愛いか……？」

「可愛い!?」

マリエルの頭から湯気が噴きあがる。なるほど、着ける位置が気に入らなくて怒っているんだな。

僕は乙女心がよくわかる方なので、この程度のことは簡単に読み取れる。

こうして苦戦することおよそ五分。ようやく着けたバレッタは、やはりよく似合っていた。マリエルは手鏡を見て、満足そうに笑っている。

「こんなことで良ければ、毎日でもしてあげるけど」

「毎日!?」

途端にマリエルが身構える。

「こここ、言葉には気を付けるんだよメルキス！　〝毎日〟と言ったからにはこれから先一〇年も二〇年も、もっとその先も含まれるんだからね!?　その覚悟はあるんだろうね？」

「別に構わないけど。慣れたら一回一分も掛からない作業だし」

マリエルがバッと後ろに下がる。熟練の騎士も唸るほど素早いバックステップだ。見事という他ない。

「言ったね!?　聞いたからね！　これから先、おばあちゃんになってもずっと毎日バレッタを着けてもらうからね!?　かかか、覚悟しておいてね！」

顔を真っ赤にしてマリエルが僕を指さす。

うーむ。どちらかというと、マリエルの方が嫌になるのではないだろうか。歳を取ればデザインの好みなども変わるだろうし……。

小さい頃からの付き合いだが、たまにマリエルは何を考えているのかよくわからない。乙女心がよくわかる僕でもわからないとは、手ごわい女の子だ。

そうこうしているうちに、玄関の呼び鈴が鳴る。

「あ、王都から呼び寄せたギフト鑑定士さんが来た！」

そう、今日で一五歳になったマリエルは遂にギフトを授かるのだ。どんなギフトを授かるのだろうか、楽しみだ。

「私はもう一回顔を洗って冷やしてくるから、メルキス出てくれる？」

そう言ってマリエルは洗面所の方に行ってしまった。

こうして、マリエルのギフト鑑定が始まるのだった。

――王族にとって、ギフトは必ずしも有用なものでなくてもよい。

僕のような騎士や冒険者さん達と違って、王族は前線に立って戦うこともない。まして、農業等をすることもない。そのためギフトに頼る場面が少ないのだ。

それでもやはり、緊張してしまう。どうかマリエルには、良いギフトが与えられますように……。

「……鑑定結果、出ました。マリエル様のギフトは、【異次元倉庫】です」

!?

超希少な有名ギフトの一つだ！

【異次元倉庫】はその名の通り、異次元に繋がるゲートを開けてそこに物を保管しておけるギフトだ。

便利、どころではない。異次元に食料を保管しておけば、軍を率いた戦がドンと楽になる。非戦闘向けギフトでありながら、戦闘向けギフトよりも遥かに戦いにおいて有用なギフトだ。

もちろん、貿易など平和的な用途でも使える、汎用性の高いギフトでもある。

「おおお！　すごいよメルキス、なんでもこの穴に入ってく！」

マリエルは早速異次元につながる穴を出して、部屋の中にあった大きいテーブルや椅子を出したりしまったりしている。

「マリエル、【異次元倉庫】は使い手によってどれだけ物がしまえるか性能が大きく変わるらしい。どうだ？　物はもっとしまえそうか？」

「まだまだ余裕、全然苦しくないよ！」

「だったら、どれだけ物がしまえるかテストしないとな」

——結果。

家中の家具をしまい込んでも、マリエルは余裕たっぷりだった。

「本当に、苦しくないのか？」

「全然平気だよ」

得意げに見えるマリエルは、強がりを言っているようには全く見えない。とりあえずこれだけ収納できるなら、普通に使う分には困らないだろう。

しかも、色々とテストをする中で一つわかったことがある。どうやら異次元倉庫の中では、時間が止まっているらしい。

紅茶のポットを一時間たってから取り出したが、紅茶は熱いままだった。砂時計を入れてしばらくして取り出してみたが、上側の砂粒が全然減っていなかった。

これは色々な使い方が考えられるな……。


僕がこの村の領主に赴任して、四日目。今日は、村の外に出て周りの土地を調べている。

この村の住人はみんな、常に飢えている。それをなんとか解決できないかと思い、僕は畑を増やせないかと考えているのだ。

この村の畑の面積は、村人の数に対してあまりに少ない。理由は二つ。

一つは、畑を広げてもすぐにモンスターに荒らされてしまうため。これは、僕が新しく土の壁で囲えば良い。

二つ目は、土地と気候が野菜を育てるのに向いていないため。これればかりはどうしようもない。

この土地の気候に適した樹は放っておいても勝手に生えるが、野菜は植えてもダメなのだという。

僕は自分で土地を見て回ることで何かヒントが見つかるかもしれないと思ったが、何も思いつかない。

「何かいい手はないかな……？」

そのとき、どこからともなく不思議な霧が立ち込めてくる。意識がふわっとする。なんらかの毒が含まれているらしい。

「聖属性魔法〝ホーリー〟」

魔法で解毒すると、はっきりする。

当然領主として、こんな危険な霧を放置しておくわけにはいかない。僕は回復魔法を何度かかけ続けながら、霧が発生しているであろう、濃度が高い方へ向かう。

〝ぐにゅん〟

足元で変な感触。そして何かが足元から出現し、緑色の顎《あご》のようなものが僕の体を挟む。僕は両腕で体をガードして、噛み砕かれることを防ぐ。

緑色の顎には、生き物のような体温はない。目を凝らすと、顎の細かな様子がはっきり見えてくる。

「これは……巨大な食虫植物？」

「いかにも」

霧の奥から、全身黒ずくめの男が出てくる。

「神童と呼ばれていたらしいが、所詮はガキ。俺の魔法の前では敵ではないか」

男が使ってくるのは、霧と食虫植物。……なるほど、男の魔法の見当はついた。

「あなたの魔法は、植物魔法ですね」

植物の中には、水蒸気を放出するものがいる。霧はそれだろう。

僕が言い当てると同時に、使用可能一覧に植物魔法〝グローアップ〟が追加される。

『植物魔法〝グローアップ〟をコピーしました。

【根源魔法】

○使用可能な魔法一覧

・火属性魔法〝ファイアーボール〟

・聖属性魔法〝ホーリー〟

・身体能力強化魔法〝フォースブースト〟

・回復魔法〝ローヒール〟

・地属性魔法〝ソイルウォール〟

・植物魔法〝グローアップ〟［New!!］』

植物魔法。かなり使い手が少ない、希少な魔法だ。

こうしてトリッキーに戦闘に使うこともできるし，農作物の成長を促進することもできる。

マスターすれば、一年の稼ぎで王都に豪邸を建てることもできると言われるほど金を稼げる魔法だ。

「ふん、わかったところでどうしたというんだ」

食虫植物の締め付けが強くなる。だが、この程度では僕の動きを封じることはできない。

僕は身体能力強化魔法〝フォースブースト〟を発動。

「はあ！」

力ずくで食虫植物の顎を破壊して脱出する。

「なんだと!?」

「ならば、これでも喰らえ！」

男が腰のポケットから小さい何かを取り出し、辺りにばらまく。

「発動、植物魔法〝グローアップ〟！」

植物魔法使いさんの足元から、太いツタが生えてくる。

「なるほど、今まいたのは植物の種ですか」

ツタが一斉に僕めがけて襲い掛かってくる。僕は、腰の剣を抜き、迫ってくるツタ全てを切り伏せた。

所詮は植物、数は多いが遅い。冷静に対処すればなんてことはない。

「なんだその動きは。聞いてたのと違うぞ……」

呆然とする黒ずくめの男。

「聞いていた……一体誰に僕のことを聞いたというんです？」

植物魔法使いさんは『しまった』という表情をする。

「お前に教える道理はない！　ここで死ね！」

種をまく。

生えてきたツタを斬るのも少し手間なので、僕は間合いを詰め、種を空中で斬る。

「〝グローアップ〟発動！　……馬鹿な、何故発動しない！　まさか今、空中で全ての種を斬ったのか⁉」

「そうですよ？」

植物魔法使いさんの顔に、絶望が広がる。

「わ、わかった。俺の負けだ」

植物魔法使いさんは、両手を上げる。

「なんてな、死ねぇ！」

突如霧の奥から、ツタが大量に生えてきた。

「こんなこともあろうかと、あらかじめ大量にツタの種をまいておいたんだよ！　くたばりやが――」

「――〝ファイアーボール〟」

〝ドオオオオォンッ……！〟

特大の火球がツタを一本残らず焼き払う。爆風で霧も吹き飛んだ。

「う、嘘だろ……？」

植物魔法使いさんが、地面にへたり込む。

「降参だ、俺の負けだ！　今度は本当だ！　俺が悪かった！　なんでもする！　だから許してくれ！」

完全に戦意を喪失した植物魔法使いさんが、地面に膝をついて何度も頭を下げる。

「い、依頼人についても喋る。俺に任務を依頼したのは……」

「わかっています、父上でしょう？」

そう、僕にはわかっていた。

僕が、見た魔法を全てコピーできる【根源魔法】のギフトを授かったことを知っている父上は、僕に【植物魔法】を見せるというプレゼントを贈りたいと考えた。

植物魔法を見てコピーすれば、村を発展させるのにとても役に立つ。

しかし、追放すると言った手前、『さぁメルキス、【植物魔法】の使い手を連れてきたぞ。魔法をコピーして村の発展に役立てるといい』なんて言うことはできない。

だから建前上、暗殺者ということにして、植物魔法の使い手を送り込んだのだ。

「頼む、俺は依頼されただけなんだ。このまま見逃してくれ！」

涙目の植物魔法使いさんが、命乞いの演技をする。

「まさか。そのまま帰っていただくわけにはいきません。まずは屋敷に来てください」

「ヒィッ！」

僕は、植物魔法使いさんを屋敷に連れて帰る。

——そして、丁寧にもてなした。

できる限りのことをして、最高に丁寧にもてなした。

「どうぞ、まずは温かい紅茶でも召し上がってください」

「ヒィ⁉　こここ紅茶ァ⁉」

黒ずくめの男さんは、椅子から転げ落ちそうなくらいカップに入った紅茶を怖がっている。

「そ、その紅茶に何が入っている⁉　毒か？　毒なのか⁉」

「お砂糖ですよ？」

大切なお客様に毒なんて飲ませるわけがない。

ユニークなギャグセンスの持ち主だなぁ。

「紅茶は苦手なのですね。わかりました、ではコーヒーを……」

「嫌だ、コーヒーも怖い！　コーヒーに自白剤でも入れるつもりだろ⁉」

「ミルクですよ？」

ブラックの方が好みだったかな？

結局父上からのお客様は、ブラックコーヒーに少し口を付けただけで帰ることになった。

「ふもとの町までは遠いですし、馬車でお送りしますよ」

「馬車だと⁉　俺を一体どこへ連れていく気だ⁉　墓場か？　処刑場か？　それとも拷問施設か？」

「ですからふもとの町までですよ？」

墓場観光が趣味なのだろうか？

残念ながら、この辺りにそんな観光するほど立派な墓地はない。

こうして僕は不思議そうな顔をする植物魔法使いさんを、馬車に乗せてふもとの町まで送り届けた。

「さて、早速植物魔法の力を試してみよう」

父上が呼んでくれた植物魔法使いさんを街まで送り届けた後、僕はまた村の外の森に来ていた。

少し開けた土地に麦の種をまいて……。

「植物魔法〝グローアップ〟発動！」

すると、見る間に地面から芽が出て、急速に成長していく。そしてあっという間に立派な穂が育った。

「すごい、なんて役に立つ魔法なんだ……」

僕は野菜の種も植えて、急速成長させてみる。

さっきまで森の中のただの開けた土地でしかなかったが、あっという間に色とりどりの野菜があふれた。

とりあえず、村のみんなを呼んで試食会をしてみよう。

◇◇◇

「というわけで、新しい魔法を使って麦や野菜を育ててみました」

「「領主様、すげぇぇぇぇ！」」

村人の皆さんは、大興奮だった。

「素晴らしいです！　これだけたくさんの野菜があっという間に！　今の季節に実らないはずなのに！」

「コレでもう食うものに困らない！」

「領主様が来てから、暮らしが良くなるばかりだぜ！　最高だ！」

「俺達の領主様は最高だ！」

「やはり領主様は神の使いでは？」

村人の皆さんが喜んでくれたようで良かった。これも父上のおかげだ。

ありがとうございます父上。最高のプレゼントを貰いました！

「流石メルキス、村を発展させるために一番大事な食糧問題の解決に真っ先に着手するなんて」

「僕はただ、村人達がお腹を空かせて困っているのを見過ごせなかっただけだって」

「それがすごいんだよ。将来的には、この王国も任せたいな」

悪戯っぽく笑いながら、マリエルが頬を突いてくる。

王国を任せるって……。話のスケールが大きくなりすぎだ。

「では、これから畑を増やしていきましょう！」

「「おう!!」」

意気揚々と農具をとってくる村人さん達。

「さて、まずは森の樹を斬って土地を確保しねぇとな」

「コレは骨が折れるぜ。一ヶ月かかるかもしれねぇ」

「それは僕に任せてください。筋力強化魔法〝フォースブースト〟発動！」

僕は数十倍に膨れ上がった筋力で樹を斬る。

「普通一時間かけて斬る樹を、一撃で三本もまとめて斬った……？」

モンスターが出てきたので、それもついでに叩き斬る。小一時間ほどして、村の元々の広さと同じだけの面積の土地を切り開いた。

「さて、次は切り株を全部掘り起こして、雑草を抜かなきゃな」

「コレは骨が折れるぜ。一ヶ月かかるかもしれねぇ」

「それは僕に任せてください。火属性魔法〝ファイヤーボール〟発動！」

加減した威力のファイアーボールが、切り株を一瞬で消し炭にする。周りに生えていた雑草も熱風を浴びて燃え尽きた。

「普通一時間かけて掘り起こす樹の切り株を、一瞬で消し飛ばした……？」

僕は片っ端から切り株を燃やしていく。魔法の威力を加減する練習にもなって一石二鳥だ。一時間ほどして、全ての切り株と雑草を焼き払った。

ついでに、地属性魔法〝ソイルウォール〟で土地を囲み、モンスターが入り込まないようにする。

こうして、村と同じだけの面積の、畑に適した土地が誕生した。

「領主様、すごすぎるぜ……」

「俺達ほとんど何もしてねぇ」

村人さん達は、もはや呆れ始めていた。

「よし、今度こそ俺達の出番だ！　土地を耕すぞ」

「うおおやるぜやるぜ！　領主様ばっかり働かせるわけにはいかないからな！」

村人さん達が、競うようにクワで土地を耕し始める。

僕は耕された土地に種をまき、植物魔法で成長させていく。

——夕方には、切り拓いた土地一面に野菜ができていた。

植物魔法は便利だが、連発すると土地の栄養が枯れてしまう。少しずつ使わないといけない。

なので毎日大量の野菜を生産して出荷して荒稼ぎする、ということはできない。それでも、コレだけの広さの畑を確保すれば村人の食糧は安定して供給できるだろう。

「これで、これでもう食うものに困らないんだな……」

村人さん達は、安堵していた。感極まって泣く者もいた。

「よし、お祭りにしよう！　収穫祭だ！　今日はみんなでお腹いっぱい野菜を食べよう！」

というマリエルの提案で、今日の夜は宴になった。

広場で火を起こし、贅沢に料理が振る舞われる。

「うまい、領主様の育てた野菜うめぇよ！」

村人の皆さんが楽しそうで何よりだ。

「コレも食べて、メルキス！」

マリエルが僕の口元に料理を運んでくる。

「むぐ……美味しい！」

ロードベルグ伯爵家の屋敷にいた料理人さんの方が、腕はいいはずだ。なのになぜか、今の料理の方が美味しく感じられる。

——ロードベルグ伯爵家の教え其の六。『人との絆を尊ぶべし』。

その教えを、僕は真に理解できたような気がする。


〇〇〇〇〇〇〇〇〇村の設備一覧〇〇〇〇〇〇〇〇〇〇
①村を囲う防壁
②全シーズン野菜が育つ広大な畑
〇〇〇〇〇〇〇〇〇〇〇〇〇〇〇〇〇〇〇〇〇〇〇〇

◇◇◇

数日後、ロードベルグ伯爵家の応接間。

ザッハークに雇われ、植物魔法でメルキスを襲った男が、ザッハークに詰め寄っていた。

「どういうことだ、話が違うぞ!?　メルキスはハズレ才能《ギフト》の雑魚って話だったじゃないか！」

植物魔法使いの男は怒り狂っていた。

「メルキスが強いだと？　そんなアホな。確かに同世代の中では頭一つ抜けて強かったが、貴様ほどの使い手が手こずる相手では……」

「ふざけるな、馬鹿みたいに強かったぞ！　なんだあのバケモノは！　パワー、スピード、魔力、全部が桁外れじゃねぇか！」

ザッハークは混乱している。ハズレギフト持ちであるメルキスが、何故そんなに強くなっているのか、まるで見当もつかなかった。

「ザッハークさん、これは契約違反だぜ。俺はあんなバケモノの相手をさせられて、死にかけた。違約金として最初の依頼料の一〇倍、二〇〇〇〇万ゴールド払ってもらおうか」

「に、二〇〇〇万ゴールドだと!?　ふざけるな！」

「払わないっていうんならいいぜ。あんたが俺を使ってメルキスを消そうとしたってこと、王家と王女様に報告してやる。依頼を受けた証拠はばっちり用意してあるんだ」

植物魔法使いの男がにやりと笑う。

「国王陛下と王女様に気に入られているメルキスの暗殺未遂がばれたら、あんたはどうなるかな？」

「ぐぬぬ……」

結局ザッハークは、二〇〇〇万ゴールド支払うこととなった。

これにより、ロードベルグ伯爵家の会計事情は非常に苦しくなった。

植物魔法使いが去った後、応接間ではザッハークとカストルが怒り狂っていた。

「おのれメルキスめ……！　ヤツのせいでとんだ追加出費だ！」

「許せませんよねぇ、父上！　ですがメルキスは全パラメータが桁外れに高かったといいます。一体何故でしょう？　ハズレ才能《ギフト》しか持っていないはずなのに」

「決まっている！　あいつはこの屋敷にいるときから、実はパラメータが異常に高かったのだ！　しかし、それを隠して手を抜いていたのだ！　訓練のときも、一生懸命やっているフリをして力を半分も出していなかったに違いない」

「なんだって!?　毎日毎日休まず訓練する、真面目なところは尊敬していたのにあのクソ兄貴！　許せねぇ……！」

カストルが歯ぎしりする。

「というわけで、俺はもう手段を選ばないことに決めた。入れ」

ザッハークに呼ばれて、部屋に強面の男が入ってくる。ザッハークが以前から密かにコネクションを持っている、アウトロー世界の住人である。

貴族界は社交場のような華やかな面だけではない。アウトローを使い、ライバルを陥れ合うようなドロドロした暗い面もあるのだ。そしてザッハークは、アウトローのコネクションが強い貴族であった。

ザッハークがなけなしの金貨の詰まった袋を、強面の男に渡す。

「それが前金だ。貴様が動かせる中で最強の盗賊団をメルキスの村に差し向けろ。村を焼き払って再興不能にするのだ。ただし、メルキスだけは痛めつけて生かしておけ。他の村人はどうなっても構わん」

　ザッハークが口元を歪める。

　そこへ、カストルが割って入る。

「お、お待ちください父上！　俺もメルキスはぶっ倒したいです！　ですが何も村人まで巻き込むことは――」

「黙れ！　もう今更手段など選んでおれんのだ！　メルキスを呼び戻さねばロードベルグ家に未来はないのだぞ！」

「がはっ！」

　ザッハークがカストルの顔を殴り飛ばす。

　そうしている間に、取引は完了したとばかりに強面の男は金貨を持ってさっさと屋敷を出ていってしまった。

　こうしてザッハークはまたメルキスの村に刺客を送り込むのだが……。

　結局また自分の首を絞め、メルキスの村を発展させることにしかならないのだった。

◇◇◇

「おのれぇ、どう足掻いても赤字だと……!?」

　メルキスの父ザッハーク伯爵が、自室の机で頭を抱えている。家計の計算をしているのだ。

そして、どう考えても赤字にしかならない。

原因は明白。植物魔法使いとアウトローの男に大金を持っていかれたからだ。そして今後も、メルキスを力ずくで連れ戻す工作のために金がかかる。

そもそもこれまで、メルキスが結婚して王家から優遇を受けられることを計算に入れて予算運用をしてきた。が、メルキスを追放したことによって計算は全て崩れ去った。

「くうううううぅ」

ではカストルを騎士団で働かせて稼がせるのはどうか？　というと、ダメなのである。

【剣聖】のギフトを授かって戦闘力だけはメルキスを超えた。だが、奴はまだ半人前。基礎教養や礼儀作法を学ばせねば、ロードベルグ家の跡取りとしてとても表にはだせん」

カストルは、ある時期からこれまでずっと勉強をサボっていた。そのツケを今払わされているのである。

しかし意外にも、

『剣で一度勝ったぐらいじゃまだ兄貴に勝ったことにならねぇ！　俺は兄貴を超えるんだ！』

と剣術にやる気を見せている。それだけが唯一の救いだ。

「茶を淹れてくれ」

ザッハークは近くにいたメイドに命令する。だが。

「申し訳ございませんが、私は清掃専門メイドなので。契約外の業務はお断りします」

「ぐ、そうだった……」

予算不足のため、ザッハークは屋敷のメイドを減らしたのだった。

以前は家人それぞれに細々したことを全てカバーする専属メイドがいたのだが、解雇した。しかしそれも所詮、焼け石に水である。

屈辱に唇を噛み締めながら、なんとかザッハークは自分でお茶を淹れる。

そして部屋に戻り、家計簿を睨む。

考えて。

考えて。

考えて。

「……屋敷を手放すか……」

ザッハークは苦渋の決断をした。

◇◇◇

「久しぶりの王都だな……」

僕は生まれ育った王都へと戻ってきていた。

マリエルが王女として式典に出席するために王都へ来る必要があったのだが、僕もその護衛として、一緒に王都へやってきたのだ。

「せっかくだし、父上に一言挨拶しておくべきだろうか……?」

試練とはいえ、表向きは辺境に追いやられた身。挨拶しに行くのが正しいのかはわからない。

それでもこんな風に機会があるときくらい、伯爵家に顔を出しておきたい。

そんな気持ちで、僕は伯爵家の近くへやってきたのだが……。

「あれは……？」

伯爵家から、制服を着た人達が家財を運び出している。近くでは父上が腕組みしながらその様子を見守っている。

「まさか、引越し!?　なんで……？」

思い当たる理由は一つ。

「まさか。僕の試練のためにお金がかかるから、その費用を捻出するために屋敷を売りに出したのか……？」

僕の頬を、一筋の涙が流れた。

「父上、僕のためにそこまで……！」

ありがとうございます、父上。

「こんなことをしている場合じゃない」

父上の恩に報いるためには、一人前になるしかない。『父上の顔を見たい』などと、甘ったれたことを言って時間を無駄にしている場合ではないのだ。

僕は遠くから父上にそっと頭を下げる。今の僕には、これしかできない。

「父上、僕は必ずあなたの期待に応えて一人前になってみせます」

決意を新たに、僕は村に戻って一層修行に励むのだった。

◇◇◇

「いたぞ、ゴブリンの群れだ！　全員戦闘態勢に入れ！」

「「「了解!!」」」

タイムロットさんの指揮で、村の冒険者さん達がモンスターに突撃していく。

今日は、森で一緒にモンスターの狩りをしている。

定期的にモンスターの数を減らさないと、村をまたモンスターが襲いに来る。壁があるとはいえ、モンスターを放っておいてドンドン増えるとどんな脅威になるかわからない。それに、モンスターから得られる素材の中には高く売れるものもあるのだ。

「よし、ゴブリンの群れ討伐完了！　……って、なんだあれは！」

樹々の奥から、大斧を携えたミノタウロスがゆっくりと歩み出てきた。

「全員逃げるぞ！　あんな危険モンスター相手に戦ったら全員死ぬぞ！」

逃げる村の冒険者さん達を、ミノタウロスが猛烈な速度で追いかけてくる。

「身体能力強化魔法、〝フォースブースト〟発動！」

僕は強化した腕力で横なぎの一閃を繰り出す。ミノタウロスを水平に両断し、一撃で仕留める。

「これでよし、と。怪我人はいませんか？」

「あ、慌てて逃げたときに足を岩にぶつけて怪我をしました」

「任せてください。回復魔法〝ローヒール〟!」

回復魔法によって、傷口が見る間にふさがっていく。

「ありがとうございます領主様。本当に、領主様にはお世話になりっぱなしで……」

「気にしないでください。これからも、ミノタウロスのような危険なモンスターは僕が相手をします」

「ありがとうございます。……すみません、僕らが不甲斐なくて……」

怪我をした冒険者さんだけでなく、みんなどこか表情が暗い。

「領主様はやはり神の使い。これからは教会ではなく、領主様のお屋敷の前で祈るようにしますね」

「やめてください……」

シスターのリリーさんが、僕に対して祈りを捧げてくる。やめなさい。

〝ドオンッ……!!〟

そのとき、遠くから声が聞こえる。村の方で、煙が上がっているのが見えた。

「マズイ、敵襲だ! 急いで村に帰るぞ!」

僕達は、全力で走って戻る。

――村に戻ると、正門が敵に突破されたところだった。

村を襲っているのは、盗賊団。数十名ほどの規模で、全員が黒い鎧をまとっている。

「鎧の肩に入っているサソリの紋章。ということは、あれは黒蠍《くろさそり》盗賊団! 数々の村を略奪し、焼き払ってきた最悪の盗賊団の一つ……！」

「おお、詳しいじゃないか、坊ちゃん。いかにも我らは悪名高き黒蠍盗賊団。そして俺が、頭《かしら》のドノボーグだ」

そう言って大柄な男が歩み出てくる。片目には眼帯をしていた。

「俺達は村から全ての物資や金を奪った後、住人ごと焼き払うのが好きでな。この村は小さいが、畑も豊かで防壁は王都の城のように立派だ……くくく、こいつは燃やすときが楽しみだぜ。さぁ野郎ども、やっちまえ！」

「させるかよ！　領主様ばっかりに戦わせてらんねぇ！　行くぞお前ら、この村を守るんだ！」

「おう！！！」

盗賊団と村の冒険者さん達が激突。だが……！

「なんだこの盗賊団、めちゃくちゃ強い……？」

盗賊達の腕力に、村の冒険者さん達が押されていく。剣で打ち合うどころか、攻撃を防ぐだけで精一杯だ。

「へっへっへ。俺達は、お頭のギフトで強化されているのさ」

剣で村の冒険者さんを圧倒しながら、一人の盗賊が余裕たっぷりに手の甲を見せつける。そこには、鎧と同じ蠍の紋章が刻まれていた。

「いかにも。俺のギフトは〝刻印魔法〟。この魔法で刻印を入れられた者は、一生俺の命令に逆らえない代わりに、全能力が数倍に強化されるのさ」

盗賊団リーダーのドノボーグが、余裕たっぷりに笑う。

「俺の部下には全員この紋章を刻んでいる。俺達なら、王国騎士団の一師団とだって戦って勝てるぜ。さぁ野郎ども、歯向かう雑魚どもを全員ぶちのめせ！」

「うおおおぉ！」

盗賊団はますます勢いづいて、村の冒険者を押している。僕も〝フォースブースト〟で身体能力を強化して応戦する。

「ぐはぁ！　なんだこのガキ、一人だけめちゃくちゃつえぇ！　どうしましょうお頭！」

「放っておけ！　数ではこっちが勝ってるんだ。他の村人を全員殺してから袋叩きにしてやれ！」

確かに僕は盗賊団より強い。だが、僕が戦っている間にも他の冒険者さん達は盗賊団に押されて、今にも死者がでそうな有様だ。

〝ファイアーボール〟を使えば盗賊団を全滅させられるが、村の冒険者さん達も巻き込んでしまう。

一体どうすれば……っ！

「クソ、力が、俺にもっと力があれば……！　モンスター相手でも盗賊団相手でも、俺は領主様の足を引っ張ることしかできねぇ……！」

盗賊団と打ち合いながら、タイムロットさんが悔しそうな声をこぼすのが聞こえた。

そのとき、僕の頭の中にまた声が響く。

『永続バフ魔法〝刻印魔法〟をコピーしました。

【根源魔法】

○使用可能な魔法一覧
・火属性魔法〝ファイアーボール〟
・聖属性魔法〝ホーリー〟
・身体能力強化魔法〝フォースブースト〟
・回復魔法〝ローヒール〟
・地属性魔法〝ソイルウォール〟
・植物魔法〝グローアップ〟
・永続バフ魔法〝刻印魔法〟（ギフト）［New!!］』

「え!?　僕の【根源魔法】はギフトの魔法もコピーできるのか!?」

これは自分でも驚いた。

これまで、人の才能《ギフト》を見てもコピーすることはできなかった。だが、魔法形式の才能《ギフト》であればコピーすることができるようだ。

これは大きな発見だ。ただでさえ強力な【根源魔法】がまた一段と強力になった。

「領主サマ、奴らの〝刻印魔法〟もコピーしたんですかい!?　それなら、俺に使ってくだせぇ！」

「何を言っているんですかタイムロットさん！　この魔法で刻印を刻むと、もう一生僕の命令に逆らえないデメリットが……！」

「構いやせん！　俺を含め村人全員、もとより一生領主サマに尽くすつもりです！　そんなデメリット、あってもなくても何も変わりやせん！　そうだろう、野郎ども!?」

「そうだ、俺達は一生領主様についていくって決めてるんだ！」

「領主様に助けてもらった命だ！　領主様のために使えるなら本望だぜ」

「それに領主様が俺達を苦しめるような命令をするわけないしな！」

皆さん……！

「わかりました。〝刻印魔法〟、発動！」

僕の前で藍色の光が弾け、村の冒険者さん達に飛んでいく。そして全員の手の甲に、刻印が刻まれる。

「これは……！」

刻まれたのは、剣に龍が絡みつくデザインの紋章。ロードベルグ伯爵家の家紋だ。

「うおおおお‼　力がみなぎるぜ！」

「なんだこれは⁉　体が軽い！　これまでの自分の体と別物みてぇだ！」

「パワーもスピードもさっきまでと桁違いだ！」

村の冒険者さん達全員が、強化される。しかし、強化の度合いがおかしい。

「とりゃあ！」

一人の冒険者さんが剣を振るうと、盗賊団の剣を真っ二つに斬り落として、勢いあまって足元にあった岩を両断する。

別の一人が槍を突き出すと、突風が巻き起こり数人の盗賊をまとめて吹き飛ばす。

また別の一人がファイアーボールを放つと、爆発が起きて冒険者さんも盗賊もまとめて一〇人以上を吹き飛ばす。

「いってぇな！　味方を巻き込むんじゃねぇ！」

「わりぃわりぃ！　まさかこんなに威力が上がると思ってなくてさ！」

巻き込まれた盗賊は倒れて起き上がれないが、村の冒険者さん達はピンピンしている。

「これが領主様の刻印魔法による強化……！　強化の度合いが半端じゃねぇぜ！」

見る限り、村の冒険者さん達のパラメータは全て一〇倍以上に強化されている。盗賊団の強化は、せいぜい元のパラメータの倍程度。

戦力の差は、歴然だった。

村の冒険者さん達が、盗賊団を蹴散らしていく。国で最悪の盗賊団が、まるで子供扱いだ。

……こうしてあっという間に、盗賊団を倒すことができた。

「いやー、今回は僕が出る幕はなかったですね」

「「いやいや！　勝てたのは領主様が〝刻印魔法〟で俺達を強化してくれたおかげです！」」

総突っ込みを食らった。

「領主サマ。強化していただいてありがとうございます。これからは、俺達も頑張りますんで、領主サマは休んでくだせぇ。俺達も、もっと領主サマの役に立ちてぇんです」

「……わかりました。では、次にミノタウロスが出たときも、皆さんにお任せしましょうかね。僕もずっと働き通しで正直少し疲れてきましたし」

「うおおお！　やったぜお前ら！　領主サマにほんのちょっとでも頼ってもらえたぞ！　今夜は飲

むぞ!!」

「「宴だ！　宴だ!!」」

そんなに喜ぶことではないと思うのだけれど……。

なにはともあれ、村を無事に守ることができ、冒険者さん達は桁外れに強くなった。

こうしてまた一つ、村を発展させることができたのだった。

◇◇◇

一方、ロードベルグ伯爵家にて。

「馬鹿な、あの黒蠍盗賊団が全員捕まって王都に引き渡され、しかも多額の賞金がメルキスの村に払われただと……!?」

知らせを聞いて、メルキスの父ザッハークは驚愕していた。

「王国の師団に匹敵するあの黒蠍盗賊団が敗れるとは、一体メルキスの村はどうなっているのだ……!?　いやそれより、黒蠍盗賊団を差し向けたことが明るみに出れば、俺が危ない……！　下手をすれば盗賊団の協力者とみなされて、伯爵の称号を剥奪されて逮捕されるではないか！」

ザッハークは唇を噛み締める。

「ええい、仕方ない！　こうなればもう誰も頼りにならん！　俺が出る！　そして全ての証拠を消し去ってくれる！」

こうしてついに、ザッハークはメルキスの村へと単身で乗り込むことを決意した。

「いくら黒蠍盗賊団が強いと言っても、所詮盗賊団。【剣聖】のギフトを持つ俺一人の方が強い。俺がメルキスの村を壊滅させて、力ずくでメルキスも連れ戻してやる！」

ザッハークが、腰の剣を抜き放ち、応接間に飾ってあった壺を鮮やかに両断した。

「ふふふ。我ながら見事な剣の冴えよ。【剣聖】の才能《ギフト》を持つ俺に勝てる者など、王国騎士団の団長しかおらんのだ。メルキスと仲間の村人ごとき、敵でもないわ！」

こうして意気揚々ザッハークはメルキスの村に乗り込むのだが……。

これがきっかけで、ザッハークはとんでもない目に遭うのだった。

◇◇◇

「あちゃー、やっちまったぜ」

メルキスの村の訓練場。

その真ん中で、タイムロットが頭をかいていた。少し離れたところでは、鋼鉄《こうてつ》製の斧の柄がぐにゃりと曲がっている
「タイムロットさーん、また練習用の斧曲げちまったんスか？　コレで何回目っスか？」

タイムロットに若い冒険者仲間の男が話しかける。

「わっはっは。面目ねぇ。領主サマのおかげで力が強くなりすぎてな。加減がわからなくなっちまっ

たぜ」

「鋼鉄製なんだから、すぐ壊れちゃうに決まってるじゃないっスか」

そう言って、若い男が、柄が曲がった斧を軽々持ち上げて。

「よいしょっと」

手で、まるで洗濯物を畳むかのような気楽さで柄をまっすぐに直す。

そして、タイムロットに投げる。常人では残像さえ捉えられないような速度で斧がタイムロットに向かって飛んでいく。

それをタイムロットはよそ見しながら、片手で受け止める。そしてまた、斧の素振りの訓練に戻るのだった。

これがこの村の、新しい日常の風景だった。

メルキスの〝刻印魔法〟で村人全員が強化され、全員常識はずれのパラメータを持っている。

「俺もいつか、領主様みたいな、すごく強い男になるんだ！」

タイムロットのとなりで、子供が見よう見まねで剣の素振りをしている。訓練と言いつつ、半分遊び。フォームも何もなっていない。ただ剣を振り回しているだけだ。

しかし、剣の速度が音速を超え、一振ごとに衝撃波が発生している。パワーとスピードが尋常ではないのだ。

周りの誰も、それを気に留めない。村人全員が強くなったので、常識がおかしくなっているのだ。

「なんだ、随分みすぼらしい訓練場だな」

そう言って現れたのは、メルキスの父ザッハークだ。

盗賊の襲撃以降、門番が見張りを強化していた。しかしザッハークは、盗賊ではない観光客と判断されて通されたのだ。

「お前らは、この村の冒険者か。ちょうどいい、貴様らからだ」

残忍な笑みを浮かべ、ザッハークは突然タイムロットに斬りかかった。ロードベルグ伯爵家に伝わる宝剣が、鮮やかな軌跡を描く。

だが、タイムロットはそれをよそ見しながら指で挟んで止めていた。

「何!?」

ザッハークは呼吸が止まるほど驚愕する。

「ダメだぜ、おっさん」

ザッハークの視界から、タイムロットが消える。そして次の瞬間、ザッハークの真後ろに立っていた。

「練習するときは、ちゃんと練習用の武器を使わなきゃ。あぶねーじゃねーか」

「何!?」

ザッハークの持っていた剣は、いつの間にか練習用の、布を巻き付けた刃のない剣にすり替わっていた。本物の剣は、ザッハークの腰の鞘に収まっている。

「い、今何をした?」

「何って、おっさんが瞬きしてる間に背後に回って剣を練習用のものと交換しただけだぜ？　相手の瞬きの間に間合いを詰めるなんて、普通のことだよな？」

「うんうん、普通だ」

「当たり前だよなそれくらい」

ザッハークは、目の前の光景が信じられなかった。

「おっさんも剣の練習に来たんだろ？　よその村からはるばるこんなところまで、熱心なこった。気に入ったぜ。俺が練習に付き合うぜぇ」

そう言ってタイムロットは練習用の斧を構える。

――ザッハークは、さっきの一連の出来事が現実だと受け入れられていなかった。【剣聖】のギフトを持ち、王国騎士団の副団長であるザッハークは、自分の剣技に絶対の自信と誇りを持っていた。

「さっきのは何かの間違いだ！　行くぞ！」

ロードベルグ流剣術7式〝瞬迅斬〟。ザッハークの技の中で、最も速い一撃を繰り出す。この技を初見で防げたものは、王国騎士団の団長だけだ。

だが、

〝カキンッ〟

小気味良い音を立てて、タイムロットの斧が難なくザッハークの剣を受け止める。

「馬鹿な!?」

ザッハークは目を見開く。

「なるほどおっさんの剣のこの速度、この威力……。おっさんの正体は……」

「ふふふ。今頃気付いたか。そう、俺こそが王国騎士団ふくだんちょ——」

「——おっさん、剣の素人だな？」

「は？」

ザッハークは、何を言われたのか理解できていなかった。

「お、俺は剣の素人などでは！」

ザッハークは凄まじい気迫で剣を打ち込む。しかしそれは、全てタイムロットに簡単に受けられてしまった。

「いい気迫だぞおっさん、その調子その調子。剣術はまず何よりも気合が大事なんだ。フォームだのなんだのは、そのあと学べばいいんだぜ！　ガハハ！」

笑いながらタイムロットが全ての攻撃を受ける。まるで、子供の練習に付き合ってあげているかのような調子だ。

「仕方ない……！　人間相手に使うには、コレはあまりに危険だが見せてやる！　才能《ギフト》発動！」

ザッハークの剣が、黄金のオーラに包まれる。

「見るがいい！　コレこそが我が一族にのみ発現する、最強の戦闘才能《ギフト》、けんせ——」

「おお、剣が光る才能《ギフト》か！　カッケーな！」

「は？」

ザッハークは、また一瞬自分が何を言われたのか理解できなかった。

「だ、黙れえええぇ！」

ザッハークが全力で斬りかかる。

〝カキン〟

「おお、少しだけど剣の威力も上がってるな」

メルキスの〝刻印魔法〟でパラメータが上がっているタイムロット達にとって、剣聖による威力アップは誤差のようなものでしかない。

「馬鹿な、馬鹿な馬鹿なあああああぁー！」

ザッハークがやぶれかぶれに猛攻を繰り出す。まるでそよ風でも浴びているかのように、タイムロットがそれを受け流す。

「あー、おっちゃんダメっスよそんなんじゃ。剣を持つ手に力が入りすぎっス」

若い冒険者が一瞬でザッハークの後ろに回り込む。そして、ザッハークが剣を握る手に優しく自分の手を添える。

「剣はね、もっと優しく握んなきゃダメっスよ。こんな感じで」

そのまま、若い冒険者はザッハークに剣の基礎をイチから教え込むのだった。

「大丈夫っス。はじめはみんな初心者っス。できなくて当然。ちょっとずつ覚えていけばいいんスよ」

「馬鹿な、俺は、俺は……！」

もはや『俺は剣聖だ！』とザッハークは言いだせなくなっていた。

「おっさん、俺と勝負しようぜー！」

今度は、となりで剣を振って遊んでいた子供がザッハークに勝負を挑んでくる。

「なんだと？　ガキンチョが生意気に！」

逆上したザッハークは、【剣聖】を発動したまま容赦なく子供に斬りかかる。だがそれも、子供に受け止められる。

〝ギィン！　ギンギン！〟

甲高い音を立てて、何度も剣がぶつかり合う。剣聖のギフトを持ち、剣術に打ち込んできたザッハークと、技術はゼロだがパラメータが圧倒的に高い子供。二人の実力はほぼ互角だった。

「どうだおっさん、オレの剣技はすごいだろー！　てやぁー！」

「何言ってんだ、手加減してくれてるに決まってるだろ！　子供相手に本気を出す大人がいるかよ。わっはっは！」

ザッハークは、全力だった。騎士団長と次に決闘するときにまで取っておこうと思った必殺の剣技まで繰り出したが、それでもメルキスの村の子供にさえ勝てない。

「ほらおっさん、もっと腰を落として。剣を握る手にまた力が入りすぎてるぜぇ」

挙句、こんな田舎の冒険者に初心者扱いされて剣技を教えてもらう始末。

――剣士としてのザッハークのプライドは、完全に砕け散った。

「う、うわあああああああああああああああああぁー！」

練習用の剣を投げ捨てて、ザッハークはその場を逃げ出した。目からは涙があふれていた。

村の冒険者達と子供は、不思議そうにザッハークの背を見送る。

「どうしたんっスかね、急に？　あ、わかった。タイムロットさんの教え方がキツすぎたんス。あー
あ、タイムロットさんが剣の初心者泣かせちゃった～」

「えー？　俺は優しく丁寧に教えてたつもりだったんだけどなぁ」

タイムロットは首をかしげる。

「また俺なんかやっちまったかなぁ？」

三章

ドラゴンとの激闘

ある晴れた日。今日は、冒険者の皆さんと一緒に訓練場で練習する予定だ。

鍛錬場所に着くと、タイムロットさんを含む冒険者さん達が村の入口の方を見ている。

「どうしましたか、なにかありましたか？」

「いやー、今さっきなんか変わった中年の男が来ましてね。どうも剣を習いによその村からはるばる来たらしいんですが、急に走り出してどっか行っちまったんですよ」

「だからタイムロットさんが厳しく教えすぎたせいっスよ～」

若い冒険者さんが、タイムロットさんの脇腹をつつく。

「いやいや、俺は優しく教えてたじゃねーか」

なんだかわからないが、どうやら変わった男が来たらしい。

「父上にもいつか、この村に遊びに来てほしいなぁ……」

僕はそうつぶやいた。

「そういえば、領主サマの父上ってどんな方なんです？　この村の元領主でしたが、村は領主代理を置いて一度も来たことがありやせん」

と、タイムロットさん。

「話したことがありませんでしたね。父上は、とても偉大で優しくて……」

僕は、父上の偉大さや、僕が子供の頃のエピソードを話す。

「へぇ、領主サマの父上はそんなに立派な方なんですねぇ。是非一度お会いしてみたいもんです」

僕も、次に父上に会う日が楽しみだ。その日までに成長しておこう、と僕は訓練場でより一層熱心に鍛錬に打ち込むのだった。

——その日の夜。

「ねぇ、メルキス」

甘いささやき声で僕は目が覚める。目を開けると、僕の上にマリエルがまたがっていた。

「ねぇメルキス……婚約者らしいこと、しよ?」

そう言ってマリエルは服のボタンを上から外していく。チラリと覗いた素肌が、とても色っぽい。

僕は慌てて目を逸らす。

「僕としたことが、こんな自分に都合良すぎるふしだらな夢を見るとは……煩悩にまみれすぎだ。もっと修行しなくては」

「げ、現実だよ! それより今、自分に都合良すぎるって言った? メルキスもこの状況、嬉しいの?」

「もちろんだ。マリエルみたいな可愛い女の子が誘ってくれて、嬉しくない男なんていないよ」

「可愛い!? メルキスが可愛いって言ってくれた!?」

マリエルの顔が、いつかの日のように真っ赤に染まり頭から蒸気が噴き出す。また風邪を引いたのか。体を大事にしてくれ。

しかしこの嬉しい状況で、恥ずかしながら、僕の下半身が元気になってしまっている。

「メルキスも喜んでくれてるんだね……嬉しい」

マリエルがえへへ、と笑う。そして、

「じゃ、いただきまーす！」

突然僕のズボンを下ろそうとする。

「ちょ、ちょっと待った！」

僕は必死でマリエルの手を押さえる。

「え、なんで？　メルキスも嫌じゃないんでしょ？」

冷静になれ、僕。

なぜマリエルは、こうまで『親が無理やり決めた婚約者』である僕に対して積極的にアプローチしてくるのだろうか。

……そうか、わかった。

僕は、大きな勘違いをしていた。

この村に来てから、マリエルが一緒にベッドに入って、くっついてくるのは決して『父上の試練』などではなかった。

——マリエルは、王家の娘としての務めを果たすために、僕に積極アプローチしているんだ！

全く恋愛対象として見れない、『親が無理やり決めた婚約者』である僕にくっつくことで、僕を異性として好きになろうとしてくれているのだろう。

それなら全ての辻褄が合う。これが正解だろう。何一つ間違えていない、という自信がある。

「マリエル、君が王家の娘としての務めを果たそうとしているのはわかった！」

マリエルの動きが止まる。

「僕は君の、自分の意思を押し殺し、王家の娘として行動するところを尊敬する。だけど、だからこそ待ってほしい。今焦ることはないんだ。せめて、正式に結婚するまでは……」

「わかった……」

マリエルがしゅんとして、僕のズボンを下ろそうとしていた腕の力を抜く。

「と見せかけて！　手が滑ったー!!」

次の瞬間、マリエルがまた僕のズボンを下ろそうとする。危なかった、あと一瞬反応が遅れていたら脱がされていた。

やっぱりこれは、反射神経を鍛える父上の試練なのでは？

このままではマリエルに強引に一線を越えられてしまう。僕は精神を統一する。下半身に入っていた力が抜け、平常モードへと戻っていく。これでマリエルに強引に一線を越えさせられることはなくなった。

「えー、なんでー！　なんで元気なくなっちゃったのー!?」

マリエルが、僕にまたがったまま、上下に飛び跳ねて駄々をこねる。やめるんだ、その姿はかなり下半身に響く……！

僕はさらに精神を集中させる。

なぜマリエルは、こんなにも積極的なのだろう。『王家の娘としての務めを果たそうとしている』では、説明できない。

そのとき、僕の頭に稲妻のように閃きが走る。

——自分で言うのもなんだが、僕は乙女心というものがわかる方だ。ましてマリエルは子供の頃からの付き合いだ。考えていることは手に取るようにわかる。

マリエルは、マリエルは——

「マリエルは、男だったら誰でもいい超ドスケベな女の子だったんだな！」

「ちっがーーーーーーーーう!!」

自信満々の僕の説は、村中に響くような大声で否定されてしまった。

「メルキスがどんな勘違いしててもいいけど、それだけは違うから!!　それだけは！　違うから！」

見たことないほど怒りながらマリエルが否定する。

そうか、違ったのか……。かなり自信があったんだけどな……。

「だけど、良かった。マリエルが僕以外とそういうことをしていないってわかったからな」

「えっ」

マリエルが驚いたような顔をする。

「まだ正式に結婚していない、婚約者の分際でこんなことを言うのはわがままかもしれないんだけど、マリエルには、僕以外の男と一緒のベッドで寝たり、一線を越えたりはしてほしくないんだ」

「……今日のメルキスの勘違い、全部許す！」

マリエルが僕の胸元に顔を埋めて、突然そんなことを言い出す。なぜかは知らないが、急に機嫌が直ったようだ。

わけがわからないが、これで安心して眠ることができる。

僕は、胸元に顔を埋めたまま寝息をたて始めたマリエルの頭を撫でながら眠りにつくのだった。

◇◇◇

「あああああーー！！！　悔しい！　悔しい！　悔しい！　悔しい！　悔しい！　悔しい！」

メルキスの父ザッハークは、屋敷に帰るや否や、大声で叫び腰に提げていた剣を床に叩きつける。

「なんなのだあの村人どもは！　なんであんなに強いのだ！　一体メルキスはあの村で何をしたというのだ！　あああああ腹が立つ腹が立つ腹が立つ腹が立つっ！」

玄関に飾られていた高価な絵画や美術品を、片っ端からザッハークは叩き壊す。

「メルキスめ！　絶対に許さんぞ！　村人もろとも叩き潰してやる！」

「ええ、なんとしてもメルキスを叩き潰しましょう！」

事情はわからないが、声を聞きつけてやってきたメルキスの弟カストルも同調する。

怒りにかられたザッハークの頭の中では、メルキスを連れ戻すことからメルキスを村人ごと叩き潰すことに目的が変わっていた。

「しかし、直接乗り込んで手も足も出なかったのだ。もはや俺にできることなどない……！」

「話は聞かせてもらいましたよ、ザッハーク伯爵」

突如、聞き覚えのない声が響く。

ザッハークとカストルが振り向くと、いつの間にか屋敷の中に見知らぬ男が立っていた。頭部から生える、捻じ曲がった角。浅黒い肌。そして何より、纏っている邪悪な雰囲気。ザッハークはすぐにその正体に気が付く。

「貴様は、魔族……!? 魔族は三〇〇年前に人類を滅ぼそうとして大戦を起こし、人類に敗れて絶滅したはず。なぜここにいるのだ……!?」

「フフフ、確かに我々は先の大戦で多くの同胞を失い、致命的なダメージを受けました。しかし、生き残りはいたのです。そして今も、人類を打ち倒し、この地上の覇権を握る計画を着々と進めています。しかし、その計画のためにはメルキスが治めるあの村が邪魔なのです。まだ詳しい理由は明かせませんが。……どうです？ 我々と手を組みませんか？」

そう言って、魔族の男はザッハークに手を差し出す。

「俺と手を組むだと？ 本気で言っているのか？」

「もちろんです。我々の目的は一致しているでしょう？ それに、三〇〇年前と違って魔族も人類を完全に滅ぼすつもりはないのです。人類の九〇%は殺しますが、残りの一〇%は魔族に仕える労働力として生かします。協力して頂けるなら、あなたには人類の統括者を任せましょう。つまり、人類の王です」

「俺が、人類の王……!?」

ザッハークが唾をのむ。

「人類統括の仕事さえキッチリしてもらえば、あなたが何をしていようと自由です。現王宮に住もうが、美女を百人侍らせようが、ご自由に」

「しかし、魔族と手を組んだなどと発覚すれば俺は投獄、どころか死刑までも有りうる……」

「そうですよ父上、魔族なんて危険な連中と手を組むのはやめましょう！　危なすぎます！」

カストルもザッハークを止めようとする。

だが、

「俺はなんとしてもメルキスを叩き潰す！　そのためには、手段を選ばん」

ザッハークは魔族の手を握る。

「フフフ。流石伯爵、決断が早くて助かります。では早速、メルキスの村に刺客を送り込む準備をしましょう。……そうですね、ドラゴンを送り込むのがいいでしょう。それも、上位種の」

「上位種のドラゴン！　なるほど。それならば、あの異常に強い村人もろともメルキスを叩き潰せる！　……しかし、そんなことが可能なのか？」

「ええ。メルキスの村の近くにあるシバ山。そこに住むというドラゴンの口に、これを投げ込んできてください。それでドラゴンの意識を操り、メルキスの村へ向かわせることが可能です」

そう言って魔族の男は、濁った黒い球を懐から取り出してザッハークに手渡す。

「この球をドラゴンの口に放り込めばいいんだな！　よし見ていろ、すぐに終わらせてやる！　カストル、お前も来い！」

「は、はい父上！」

ザッハークとカストルは意気揚々と屋敷を出発する。その背中を見送った魔族の男は、ニヤリと口元を歪めた。

「フフフ、思った通り扱いやすくて助かりますよ」

◇◇◇

「や～～～ってしまったあああああぁ！」

ある日のこと。

昼前に屋敷に戻ると、キッチンの方からマリエルの叫びが聞こえてくる。

「またマリエルの〝アレ〟か……」

マリエルが何をやってしまったのか見当がついている。

正直言って逃げ出したい気持ちなのだが、そういうわけにもいかない。

僕は腹をくくってキッチンへと向かう。

キッチンのドアを開けると、ツンと鼻を刺すような異臭が立ち込めていた。臭いの元凶は明白だ。

なにやら黒い液体がたっぷり入った鍋である。

「手料理、失敗しちゃった」

キッチンでマリエルがしょげている。

「どうして手料理なんて」

テーブルの上には、『手作り料理で彼のハートをゲット』という謳い文句が書かれた本が載っている。図書館にあった料理のレシピ本だろう。

「ち、違うよ！　ええと、王族というのは民を導く存在であってだから一般市民が何を考えているのか理解する必要があって、だからその一環として一般市民の流行を体験してみようと思ったというか王族として一般市民の文化を真似するのは義務みたいなものでというかなんというかだから『メルキスのハートをゲットするため』に作ったんじゃなくってええとその」

マリエルが手をぱたぱたさせながらすごい早口で何か言っている。しかし僕の頭の中は、この鍋いっぱいの物体をどうするかでいっぱいだった。

「申し訳ありません、私がついていながら」

食事担当のメイドさんが頭を下げる。どうやらマリエルに料理を教えてくれていたらしい。

「いえ、気にしないでください。マリエルのコレは昔からどうしても治らないものでして」

マリエルは、料理が壊滅的に下手なのである。というか、調理方法は間違っていないのだが、何故か異物が完成する。

王宮の厨房を借りて一緒にプリンを作っていて、目を離したすきに何故か辛いスープに変わっていたり。アップルパイを一緒に焼いたらオーブンから魚の丸焼きが出てきたこともあった（どぶ臭くて食べられたものではなかった）。

ちなみに、なぜ魚が入っているのかマリエルと必死に考えたが『近くの川を泳ぐ魚が跳ねたときに強い風が吹いて王宮に入り込んだ。ピチピチ跳ねているうちに王宮の厳重な警備をかいくぐってキッチンにたどり着き、尻尾がオーブンの取ってに当たって開き、中に入っていたアップルパイの上に着地してしまった』という結論しか思い付かなかった。

とにかく、マリエルが料理をすると何故か使った材料とまるで違う物質が完成するのである。

理屈は一生考えてもわからない気がする。

「さて、この料理をどうしたものか……」

鍋の中の黒い物質は、異臭を放っている。近くにいるだけで目がヒリヒリする。

今すぐにでも、この場から逃げ出して外の新鮮な空気を吸いたいというのが本音だ。だが、作ってくれたマリエルに対してそれはあんまりに失礼というものだろう。せめて一口でも食べて感想を伝えねば。

僕は意を決してスプーンで鍋の中のそれをすくい、自分の口に押し込む。

「――――!!」

衝撃。

体が反射的に吐き出そうとするのを、精神力で抑え込む。ここで吐き出すのは、あまりにマリエルに悪い。まさか、コレも試練なのだろうか。ティースプーン一本だけを武器にドラゴンと戦う方がまだ楽なのではないかと思う。

「すごい、コレを口に運ぼうとするなんて……」

作ったマリエルさえ感心していた。メイドさんは、信じられないものを見るような目をしている。

「残りは捨てよう！　普通のゴミとして処分できないから、一回しまっとくね！　〝異次元倉庫〟の中は時間が経たないからこれ以上悪化することはないし！」

そう言ってマリエルは黒い物質を異次元倉庫にしまう。

伝説級のギフトを、こんな使い方していいのだろうか。

〝カンカンカンカン！〟

そのとき、村に敵襲を告げる鐘の音が響く。

屋敷で事務仕事をしていた僕も、剣を手にして慌てて飛び出す。

「ドドド、ドラゴンだ！　ドラゴンがこの村めがけて飛んでくるぞ！　それも上位種！　戦えるやつは武器をとれ！　それ以外のやつはすぐ逃げろ！」

高台で見張りをしていた冒険者さんが、叫んで回る。

「ドラゴンだって……!?」

「嘘だろ、勝てるわけがねぇ！」

村の冒険者さん達の顔が真っ青になる。

ドラゴン。モンスターの最強種の一種。モンスターに分類されるが、他のモンスターとは一線を画す。高度な知性を持ち、人との意思疎通も可能であるという。

人と友好的な個体もいるが、人類が嫌いな個体もいる。そして、人を嫌い村を襲う個体は、災害と同等に扱われる。

ドラゴンに敗れて地図から名前が消えた街は一つや二つではない。本来なら王都に連絡して、ドラゴン討伐専門部隊の派遣を要請するべきなのだけど……。

「ドラゴン、双眼鏡がなくても見えるところまで来ています！」

専門の討伐部隊は、とても間に合わない。

「……僕達でやるしかない。マリエル、避難の指揮をしてくれ！」

「わかった！　メルキス、無茶はしないでね！　危ないと思ったらすぐに逃げて！」

「冒険者さん達は、僕と一緒にドラゴンを迎撃しましょう！」

「「了解！」」

村人さん達が強くなったといっても、ドラゴンは油断できる相手ではない。どころか、真っ正面からやりあえば勝率は低い方だ。

「領主サマ。戦う前に一つ、お願いがあります。どうか俺達が危なくなっても、身を挺して俺達を庇うようなことはしないでください」

タイムロットさんが真剣な顔でそう切り出す。

「領主として、領民を守るのは当然のことです」

「それでも、やめてください。俺達のために領主サマの身を危険に晒すのは、死ぬより辛いことです」

「……そこまで言うのであれば、わかりました」

だけどせめて、可能な限り村の皆さんを危険に晒さずに戦おう。僕は密かにそう決意する。

僕と冒険者さん達が村の正門前に集合する。ドラゴンはもう、はっきりと見える距離まで近付いていた。

息を呑むような、美しい虹色の体。大きさは家一軒ほどでドラゴンとしては小柄だが、うちに秘めた凄まじいエネルギーがここからでも感じられる。

そしてそのドラゴンの体を、黒いモヤが覆っている。

「ドラゴンの中でも最上位種の一つ、レインボードラゴンじゃないか……！」

「くるぞ！　全員迎撃準備をしろ！」

村の冒険者さん達全員が、武器を構える。

『グルアアアアアアアアアアアアアアアアアアアアアアアアァ!!』

レインボードラゴンが咆哮し、目の前に雷が落ちたように大気が震える。辺りの山に反響して、咆哮が何重にも重なって聞こえる。

『矮小な人間ども！　貴様ら如きが我に敵うと思うのか！』

飛んだままレインボードラゴンが僕達を見下ろしてしゃべる。

――聞いたことがある。ドラゴン同士は通常竜語で会話するが、高位のドラゴンは知性が高くて人間の言葉を理解している個体もいるらしいと。

『貴様ら如き、一瞬で焼き払って……』

そのとき、ドラゴンの体を包んでいた黒いモヤが晴れる。そして、動きが急に止まった。

『あれ、ワタシは何を失礼なことを言って……？』

ドラゴンはどこかきょとんとした表情をしているように見える。自分がさっきまで何をしていたのか、よくわかっていないかのようだ。

なんだ、何か様子がおかしいぞ？

ドラゴンの体を、再びモヤが包む。

『貴様ら矮小な人間ごとき、一瞬で滅ぼしてくれる！』

ドラゴンの様子が元に戻る。ドラゴンが着地すると、大地が大きく揺れる。そしてドラゴンは大きく口を開け、ブレスの体勢をとる。口に魔力が集中していく。

「全員、防御体勢をとれ！」

タイムロットさんの号令で、冒険者さん達が武器でガードの構えを取る。だが、今ドラゴンの口に集まっている魔力量からして、とても武器で防ぎ切れるものではない。

「発動、地属性魔法〝ソイルウォール〟！」

ドラゴンのブレスが放たれるより一瞬早く、僕の地属性魔法が発動。地面がせり上がり、ドラゴンの顎を直撃。ドラゴンに強制的に上を向かせる。

『グゥ⁉』

ブレスの発動を防ぐことはできなかったが、向きは変わった。蒼色の炎が空に向かって放たれる。

「あち、なんだこの熱量は！」

直撃でないにもかかわらず、熱風が押し寄せる。もしあのブレスが村に直撃していたらどうなっていたか。考えるだけで恐ろしい。村は完全消滅していたかもしれない。

「火属性魔法〝ファイアーボール〟！」

僕はファイアーボールで反撃。ドラゴンの頭を爆発が包み込み、辺りに熱風が吹く。

地響きを上げてレインボードラゴンが地面に倒れる。

「みなさん、油断しないでください！　まだレインボードラゴンは生きています！」

僕の予想通り、レインボードラゴンが起き上がる。

『我の鱗の防御力はドラゴン族最強だ！　人間ごときの魔法で、我を倒せると思うな！』

そのとき、またドラゴンの体を包む黒いモヤが一瞬晴れる。

『すみませんすみません！　失礼なことを言ってすみません！』

なんとドラゴンが、ペコペコと頭を下げ始めた。

「……へ？」

黒いモヤがまたドラゴンの体を覆うと、凶暴な性格に戻る。

『図に乗るな人間風情が！　粉微塵にすりつぶしてくれる！』

そう言って前足を僕に向かって叩きつけてくる。僕は後ろに飛んで避ける。

『よくもちょこまかと！　人間如きが！　人間如きが！』

レインボードラゴンが、両前脚による猛攻を仕掛けてくる。僕はその全てを、左右に飛びながら回避する。

『さぁ壁際に追い詰めたぞ。もう逃げ場はない、これでとどめだ！』

「おっと、僕だけに気を取られていていいのか？」

僕は余裕の笑顔で返す。ドラゴンの後脚には、鎖が絡み付いていた。

「この村には俺達もいるってことを忘れてもらっちゃ困るぜ！」

鎖の反対端を、冒険者さん達が握っている。

『しまった、貴様は囮か！』

今更気付いても、もう遅い。

「「「せーの!!」」」

冒険者さん達が、渾身の力で一斉に鎖を引く。ドラゴン相手では、人間が一〇〇人集まっても勝てはしないだろう。しかしこの村の冒険者は、一人一人が、僕の〝刻印魔法〟によって筋力が一〇倍以上に強化されている。

『グヌウウウウゥ!』

ドラゴンの巨大がバランスを崩して倒れる。衝撃で、口が開く。みんなが作ってくれた隙。これは絶対に見逃せない。

「今だマリエル、例の〝アレ〟をドラゴンの口に放り込んでくれ!」

「オッケー、そう言うと思って準備してたよ!」

マリエルが駆け寄ってきて、ドラゴンの口元で異次元へとつながる門を開ける。異次元から刺激臭とともに黒い物質が現れ、ドラゴンの口の中へ放り込まれる。

『ウ』

ドラゴンが目を見開いて苦しむ。

そして、

『ウゲエエエエエエェ!!』

近くの茂みに駆け込み、胃の中のものを全て吐き出した。

そしてレインボードラゴンが戦闘態勢を解いた。

さっきまで張り詰めていた空気も元に戻る。……決着だ。

「領主様、これは一体どういうことですか？」

「レインボードラゴンに掛けられていた、呪いを解きました。レインボードラゴンはなんらかの呪いで操られていただけです。レインボードラゴンの抵抗で呪いが一瞬解けたときには、元の戦闘を好まないおとなしい性格が見えました。なので、殺さない方法をとりました」

僕は村の皆さんに説明する。

「呪いの黒いモヤは、レインボードラゴンの胸、胃袋の辺りから発生していました。だから、恐らくレインボードラゴンに何かを食べさせることで体内から呪いによってレインボードラゴンを支配していたのだと考えました。そこで、レインボードラゴンに胃の中のものを吐かせて呪いを解く方法をとったんです」

「なるほど、領主様は頭も切れるぜ！　……ところで、さっきレインボードラゴンに食わせたあの物質は一体なんだったんですかい？」

「……それは秘密です」

村の皆さんは、首をかしげながらも納得してくれた。

「しかし、俺達の領主様は色々とすごすぎる」

「慈悲深いぜ」

「囮になってレインボードラゴンを引き付けている姿、痺れました」

「いえいえ、僕は伯爵家の教えに従ったまでですよ」

――ロードベルグ伯爵家の教え其の二一。『無用な殺生を行うことなかれ』。

たとえ相手がドラゴンでも、話が通じるのであれば殺したくはない。

もちろん、最悪の場合にレインボードラゴンを殺す方法も考えていた。剣で鱗が貫けなくても、倒す方法はいくつかある。

だが、殺さずに済むのであればそれに越したことはない。

〝シュウウウウウウゥ……〟

突如、レインボードラゴンの体が小さくなっていく。形も変わり、ドラゴンから人間へと変化していく。

あっという間にレインボードラゴンは、虹色の髪を持つ美少女へと変身した。

――そして、猛烈な勢いで土下座をした。

「人間の皆様、この度は大変なご迷惑をおかけしましたああああああああああああ!!」

そういえば、聞いたことがある。ドラゴンの上位種には、人間に変身する能力を持つ者もいると。

「すみませんすみません! ワタシ、誰かに呪いをかけられてしまったようで。暴走状態になって、村を襲ってしまったんですぅ!」

涙目で、何度も頭を下げるレインボードラゴンの少女。

「レインボードラゴンの骨は武器の素材として高く売れると聞きました。どうかワタシを殺して素材を取って、ワタシが壊してしまった村の門や設備の修理に使ってくださいぃ……」

そう言ってレインボードラゴンは、目を閉じて仰向けになる。

「いやいや、そんなものは受け取れないよ！」

「人間さん、どうか遠慮なく受け取ってください！　これがワタシにできる精一杯の償いです！」

レインボードラゴンが、ぎゅっと目をつぶる。そんなことを言われても、殺せるわけがない……。

「ええと、確かに門とか防壁の一部は壊されてしまったけど、すぐに直せるからそんなに気にしないで。君も誰かに呪いをかけられて暴走していただけだし、悪くないよ」

「ほ、本当にいいんですかぁ……？」

「うん。君も、大きな怪我がないみたいで何よりだ」

「こんなに迷惑をかけたワタシを気遣ってくれるなんて、人間さん、優しすぎですぅ……！」

レインボードラゴンさんが、わんわんと泣き出してしまった。

「ところで、レインボードラゴンさんはどこに住んでいたんだ？　この辺りにドラゴンは住んでいなかったと思うんだけど？」

「いいえ、この村のすぐ近くの山の洞窟に住んでいたんですよぉ。ワタシ、戦いとかが怖いので、素材目当ての人間に狙われないようにひっそり暮らしていたんですぅ。……でも、呪いをかけられて暴走したときに暴れて洞窟を壊してしまって。また新しい住処を探しに行かないといけなくて……」

「なら、この村で暮らさないか？」

「へ？」

「この村は今、発展している最中なんだ。いつかは王都よりも栄えた村にしたいと考えていてね。最近土地を開拓して面積を広げたから、ちょうど新しい住人も募集中なんだ。どうだ、来ないか？」

「い、いいのですか……？　皆さんにご迷惑をおかけしたこんなワタシでも……？」

「気にしないでいいって。この程度、迷惑のうちに入らないさ」

「で、ではぜひ村に住ませてほしいです！　虹龍族のナスターシャといいます。よろしくお願いしますぅ」

「僕は、ロードベルグ伯爵家のメルキスだ。よろしく」

「そして私がこの国の第四王女、マリエルだよ！　いい？　メルキスは私の婚約者なんだから手を出したらダメなんだからね⁉」

横から飛び出してきたマリエルが、ナスターシャに詰め寄る。

「ヒィ⁉　すみませんすみません！　メルキスさんに手を出したりしないので、許してくださいぃ」

自分より遥かに弱い、しかも人間の中でも小柄なマリエルに気迫で押されている。ナスターシャはとても気が弱いみたいだ。

そのとき、近くの茂みから蛇が飛び出してきた。

〝シャー！〟

「キャアアアアァ！　蛇いいいいいいぃ‼」

ナスターシャが悲鳴を上げて僕に飛びついてくる。巨大な胸が押しつけられる。苦しいし、胸の柔らかさが伝わってきてとても困る。

「こら！　メルキスにひっつくんじゃありませーん！」

「だ、だって蛇が！　蛇が！　誰か、誰か助けてくださーい！」

マリエルが、力ずくで僕から引き剥がそうとする。が、ビクともしない。

どころか、僕の体もナスターシャの腕力で潰されそうだ。身体強化魔法〝フォースブースト〟を使っているが、使わないと身体が締め潰されていたはずだ。

『シャー！』

ナスターシャの足に、蛇が噛み付く。しかし、

〝ポキン〟

牙は皮膚に傷一つつけられず折れてしまった。

『シャー!?』

どうやら、人間形態になっても防御力は落ちないらしい。牙が折れた蛇は茂みに逃げ込んでいった。

蛇がどこかに行って、ようやくナスターシャが僕から離れる。

「すみませんすみません！　ワタシ昔から怖がりで！」

「大丈夫、これくらいなんでもない」

実は結構苦しかったけど。

「あのー、こんなワタシでは、村の人にも迷惑をかけてしまうのではないでしょうか？　ワタシはモンスターと闘うなんて怖くてとてもできませんし、ワタシにできることなんて、火を噴くことくらいで……」

「十分だ！　ナスターシャには、特技を活かしてレンガを焼いてもらおう！」

僕達は、村のレンガ工房へと移動する。釜の中には、ちょうど今から焼く予定の生レンガが並んで

いた。

「レンガを焼くには大量の薪が必要だし、ずっと張り付いていないといけない重労働なんだ。でも、それをナスターシャのブレスで焼ければ、薪も要らないし、重労働の必要もなくなるはずだ」

「わ、わかりました！　やってみますぅ！」

……ナスターシャがドラゴン形態に変身する。加減したブレスの青い炎が、生のレンガを包み込む。

……超高火力によってあっという間にレンガが焼きあがる。

「なんだこれは⁉　俺は成人してからずっとレンガを焼いて暮らしてきたが、こんな焼き色のレンガは初めて見るぞ？」

レンガ職人さんが、驚きの声をあげる。

「思い出した！　レインボードラゴンの炎って、レンガ焼きにすっごく適してるんだって！」

そう言ったのは、マリエル。

「昔、田舎の村のレンガ工房がレインボードラゴンに襲われて、働いていた職人を狙ったブレスが、たまたま近くに積んであったレンガにも当たったんだって。調べたら、そのレンガはなんと、普通のレンガよりも遥かに頑丈だったんだ！」

「へぇ。マリエルは物知りだな」

「えへへ。王宮の宝物庫もこの竜の火で焼いたレンガを使ってたから詳しいんだ」

なんと、そんな大事な場所に採用されるほどに頑丈なのか。

「超希少なレインボードラゴンのブレスが、たまたまレンガに当たるなんて奇跡はもう二度とないだろうから、二度と作られることのない奇跡のレンガって言われてたんだ。けど……」

その奇跡のレンガが今まさに、目の前で量産されている。

「よし、どれくらい硬いのか試してみようじゃねえか」

タイムロットさんが斧を持ってきた。今のタイムロットさんは、ミノタウロスと一人で互角に戦えるくらいのパワーがある。たとえ鉄塊《てっかい》だろうと素手で叩き壊せるだろう。

「どりゃあ！」

タイムロットさんの斧が、音速を超える速度でレンガに振り下ろされる。しかし、砕けたのは斧の方だった。なんとレンガは無傷である。

「なんて恐ろしい強度だ……」

「すみませんすみません！　ワタシが焼いたレンガのせいで、斧を壊してしまってすみません！」

「いやいや！　俺がやったことだ、気にしねぇでくれ！」

何度も頭を下げるナスターシャを、タイムロットさんが宥める。

「そうだ、このレンガで家を建てたら、今よりずっと頑丈になりそうだと思いませんか？」

「「おおお！　それはいい考えですよ領主様！」」

僕の提案に、村人の皆さんがすごい勢いで食いついてくる。

「よし、家の建て直しついでに村のレイアウトを大変更しよう！　設計は私に任せて！　王宮で一通り必要な知識は勉強したから！　すっごい便利にしちゃうよ！」

「王女様が直々に村の設計をしてくださるってよ！　ありがたいぜ！」

「野菜の収穫量が増えて運ぶ回数が増えたのに、道が細いままで困ってたんです、助かります！」

「今の木造の家は冬に風が吹き込んで寒いから、建て直したいと思ってたんだ！」

村の大改造計画に、村人の皆さんと大興奮している。

「ありがとうマリエル、頼りになるよ」

「ふふふ、メルキスはもっと私を褒めたまえ！」

マリエルは得意げに胸を反らす。

「……でも、レンガ以外の家の材料を買ったり道を舗装する予算があんまりないから、少しずつ進めることになるけど……」

そのとき、ドラゴン形態のナスターシャから何かが落ちる。拾うと、それは鱗だった。

「すみませんすみません、一日一枚くらい剥がれ落ちちゃうんです！　ゴミを散らかしてすみません！」

ナスターシャが何度も頭を下げる。

「綺麗な鱗だな……」

僕は思わず、虹色に輝く鱗に見入ってしまう。

「ちょっと待って、レインボードラゴンの鱗って、防具の素材としてすっっっごく高く売れるよ！滅多に市場に出回らないけど……。確か最新の相場は、一枚一〇〇万ゴールドぐらいだったはず」

なんだって!?

「えぇ!?　ワタシの鱗ってそんなに高く売れるんですか？　村の役に立つなら、是非売って役立ててください～」

「ありがとう！　これなら家の建て直し予算問題も解決だな！　それどころか、毎日一枚ずつ売れるなら、村の新しい産業になるぞ！」

「わかりました、では毎日剥がれた鱗をメルキスさんのお屋敷に持っていきますねぇ～。早速メルキスさんのお役に立てて嬉しいですぅ～」

こうして僕の治める村は、とても心強い資金源を獲得したのだった。

〇〇〇〇〇〇〇村の設備一覧〇〇〇〇〇〇〇〇〇

①村を囲う防壁

②全シーズン野菜が育つ広大な畑

③レインボードラゴンのレンガ焼き釜＆一日一枚の鱗生産（一〇〇万ゴールド）

〇〇〇〇〇〇〇〇〇〇〇〇〇〇〇〇〇〇〇〇〇〇

大改造計画を終えて、村はとても快適で、住みやすくなった。

まずは家。これまでは木造の古い小さな家に村人の皆さんは住んでいたが、今は大きなレンガ作りの家に全て建て替わっている。なんと、庭までついている。

そして家の建て直しに伴って、村のレイアウトも大きく変更している。これまでは曲がりくねった路地だったのが、広い大通りに置き換わった。

流石に村の規模に対して道が広すぎなんじゃないか？　とも思ったが、プロであるマリエルによれば、

『道はね、村や町を発展させる前に大きいのを通しておくのが大事なんだよ。村が発展してから大きい道を通そうとすると、お店や家にどいてもらわなきゃいけないからすっごい大変なんだよね。メルキスが治める村なんだから、これからもどんどん発展するに決まってるよね。だったら大きい道を通しておかなきゃ！』

とのことである。

そんなわけで、ドラゴン形態のナスターシャが余裕で通れるくらい広い道が完成したのだ。

「あらナスターシャちゃん、おはよう」

「あ、おはようございますぅ～」

村の中年女性とドラゴン形態のナスターシャが挨拶しながらすれ違うのは、とても不思議な光景だ。

この村以外では、きっとこんな光景は見られないだろう。

広い道に面してレンガ作りの大きな家が並ぶ街並みは、王都の富裕層が住む区画と比べても遜色ないくらい綺麗だ。食糧事情が改善して、村人の皆さんも健康的になって顔色が良い。

村の改造計画は、大成功だ。

……そう思っていたのだが。

「なんだろう、最近村人の皆さんの顔色がすぐれないような……？」

不健康になったとか、そういった雰囲気ではない。どちらかというと精神面的な、心配ごとがある

ような雰囲気だ。

「最近浮かない顔をしていますが、何か困りごとはありますか？」

と村人の皆さんに聞いて回ったのだが、全てはぐらかされてしまった。

「なんで誰も困りごとの原因を答えてくれないんだ？　……そうか、わかったぞ！」

――これは、試練だ。

『メルキスよ。領主ならば、村人の困っていることくらい、聞かずともわかって当たり前と知れ。村人に直接聞くなど、領主として半人前以下だ！』

という父上のメッセージなのだろう。

きっと僕が出かけている間に父上がこっそり村を訪れて、

『村人達よ、頼む！　我が息子の試練に手を貸してくれ！　困りごとがあっても、息子には直接教えず、自分で考えさせてほしいのだ。息子なら、きっと自力で答えへと辿り着き、問題を解決してみせる。どうか、どうか息子を信じてやってほしい……』

と、頼み込んでくれたのだろう。

なんと念入りな手回しだろうか。ずっと手間をかけて僕の成長を支えてくれている父上には、感謝するばかりだ。

そしてこの試練は、父上も村人も僕のことを信頼してくれないと行えない。その信頼に報いるために、僕は全力で村人の困りごとを突き止め、解決してみせる！

「さて、皆さんは一体何に困っているんだ……？」

僕は物陰に姿を隠し、村人の皆さんの様子を窺う。

「さて、畑に水やりにでも行くか。よいしょっと……！」

ある村人さんが、井戸から水を樽に汲んで、荷車に載せて運んでいく。あれは大変そうだ。

……あれは、大変そうだ。

「なるほど、村人の困りごとは、水回りの不便さか……！」

考えてみれば、周りの森を開拓して村の面積を広くしたのはいいが、水源は村の真ん中にある井戸一つだけだ。

「水を運ぶ距離は増えているだろうし、朝夕は井戸の水を汲むのに列を作って待たなきゃいけない。これは不便だ……。よし、早速村に川をひこう」

僕は早速行動を起こす。治水と都市設計のプロであるマリエルにも相談しながら、村のどこにどう川を通すか決めた。

村から一〇キロほど離れたところには、湖がある。そこから村まで川を通すとなると、工事を安全に行うために辺りのモンスターを減らし、

（モンスターに警戒しながら）樹を切り倒し、

（モンスターに警戒しながら）切り株を引っこ抜き、

（モンスターに警戒しながら）地面を掘り起こす、
という途方もない労力が必要になる。

普通にやったなら、数年かかるかもしれない大工事だ。

だけど僕には、この魔法がある。

「よし、湖はこっちの方向だな……。火炎魔法〝ファイアーボール〟、発動！」

魔法陣から、巨大な火の玉が飛び出す。火の玉は一直線に駆け抜け、樹を一瞬で焼き尽くす。途中にいたモンスターは、跡形もなく消し飛んだはずだ。

これを何度も繰り返して、湖までの一直線の道が開けた。

「じゃあ次。地属性魔法〝ソイルウォール〟発動！」

〝ソイルウォール〟は地面を変形させて壁を作る魔法だ。そして、盛り上がった分、周りの土は減る。これを利用することで、土を盛り上げるだけでなく掘り下げることができるのだ。

このテクニックで、僕は湖から村の中まで川を作った。

「――というわけで、湖から川を引きました！　これで皆さん、井戸に並ばなくてもいつでも新鮮な水が使えますし、畑の方にも川を引いているので水やりも楽になります！　ぜひ使ってください！」

「え!?　昨日までなんもなかったところに川が流れてる!?」

村人の皆さんは、目を丸くしている。

「領主様、仕事が早すぎるぜ……！」

「普通なら数年かかる工事を、たったの半日で……？　前から領主様がすごいのは知っていたけど、思っていたよりもさらにすごかった……!!」

「これで、生活がさらに便利になるぞ！　領主様には感謝してもしきれねぇ！」

村人の皆さんが喜んでくれたようで、何よりだ。

しかしよく見ると、村人の皆さんの顔にはまだどこか曇りがある。

「浮かない顔をしていた原因は、水ではなかったのか……？　だったら、もっと村人さん達を観察して、困りごとを見つけるぞ！」

村人の皆さんが浮かない顔をしていた原因は、村の水事情ではなかった。

「とすれば……植え込みだ！」

王都の街並みには、華やかな植物の植え込みがあった。しかしこの村の植え込みは、とても華やかとは言えない。あり合わせの地味な植物が植えられているだけだ。

「……というわけで、花の種を取り寄せたいんだ」

「任せといて！　ナスターシャちゃんの鱗のおかげで村の予算はたっぷりあるからね！　王宮にいた頃の商人のツテを使って、大陸のあちこちから選りすぐりの花の種を取り寄せるよ！」

マリエルに取り寄せてもらった種を、植物魔法〝グローアップ〟で急成長させる。

「村中の植え込みに、大陸各地から取り寄せた花を植えてみました！」

「昨日まで地味な緑一色だった村の植え込みが、一面色とりどりの花で埋め尽くされている……!?」

「わぁ、綺麗……！」

「まるで楽園みたいだわ」

「メルキス様は仕事が早すぎます。やはり神の使いで間違いないですね」

それは違う。

村人の皆さんは喜んでくれている。しかしまだ、どこか表情は浮かない。

「困りごとの原因は植え込みじゃなかったか……」

僕は、今度は畑の様子を見に行く。本来野菜は育たない土地だが、植物魔法〝グローアップ〟の力で季節外れの野菜でも育っている。

「野菜は一通り育っているけど、何か足りないような……？　そうだ、フルーツ類がないんだ」

村には、甘味の類がない。バランスよく野菜を食べれば、生きていく上では問題ない。だが、デザートがない食卓は、あまりに味気ない。


「畑を拡張してフルーツを植えてみました！」

「昨日まで森だった土地に沢山のフルーツが実っている⁉」

「やはりメルキス様は神の使いです」

「モグモグモグモグ。やはりメルキス様は神の使いです。モグモグモグモグ」

「ドラゴンには植物を食べる風習はなかったので、こんなものを食べたことはなかったです。甘くて美味しいですぅ〜！」

村人の皆さんは喜んでくれたが、これも困りごとの原因ではないようだ。

今度は、村の中央の広場へ行ってみる。

子供達が、駆け回っているが、すぐに飽きてどこかへ行ってしまった。

「そういえば広場には子供が遊べるような遊具もベンチも何もないな」

よし、広場を華やかにしよう。


「子供が遊べるように、公園に遊具や浅い池、川を作ってみました！　大人も憩いの場として使えるように、ベンチも置いています！」

樹を植えて木陰を作ったり，花を植えて風景を華やかにしたりすることも忘れない。

「ありがとうごぜぇやす、領主サマ。ほら、お前もお礼を言いな」

「りょうしゅさま、ありがとう！」

タイムロットさんの娘や他の子供達も満足そうだ。

「この公園、デートするのにも良さそうだよね。木の陰なんか、あんまり人目に付かなそうだし……ねぇメルキス、今度二人だけで、デートしに来よう？」

マリエルがそう耳元でささやく。

村人の皆さんは喜んでくれているが、顔を見る限りこれも困りごとの原因ではなさそうだ。

「はー、困るわぁ～」

村を歩いているとき、独り言を聞きつけた。声の主はどうやら主婦のようだ。

「食べるものに困らないけど、いつも同じレシピになっちゃうのよねぇ。もっといろんな料理を作りたいんだけど、思いつかないわぁ」

「なるほど、レシピのアイデアが浮かばないのが困りごとか……！　それなら、図書館を建てよう」

図書館は、娯楽と知識をまかなう、大事な施設だ。図書館には人生を豊かにするためのものが揃っている。

「村に図書館を建てました！　本はまだ少ないですが、今後どんどん増やしていきます！」

「王都の中でも特に裕福なエリアにしか建っていない図書館が、この村にできたっていうのか……!?」

「料理本もあるわ！　これで料理のレパートリーが増やせるわ」

「私、子供の頃から星について勉強したいと思っていたの！　天文学の本を借りたいわ！」

「ワタシは、人間の文化について勉強したいですぅ」

村人の皆さんは喜んでくれる。だが、困りごとの原因はまだ解決しないようだ。

「村人の皆さんは、一体何に困っているんだ……？」

「領主サマー！　お渡ししたいものがあります！」

タイムロットさんが、手を振りながら駆け寄ってきた。後ろには、村の住人を沢山引き連れている。

「これは、村のみんなからの贈り物です。受け取ってくだせぇ」

そう言ってタイムロットさんが、一振りの剣を差し出した。

「ずっと村のみんな、領主サマにいろんなものを貰っていて、恩を返せないことを心苦しく思っていたんです。どうにか領主サマに恩返ししたいと思って、みんなでお金を出し合って買ったんです。どうか、受け取ってくだせぇ」

「剣を扱う一番いい商会は、私が見繕ったんだよ！」

「ワタシも、前に住んでいた洞窟の周りから鱗を拾ってきて、買うためのお金の足しにしてもらいましたぁ」

「……ありがとうございます、大切にします」

なんて優しい村人達なんだ。領主は領民から恨まれることはあれど、贈り物を貰うなんて聞いたことがない。

「これは良い剣ですね。強度も切れ味も、これまで手にしたどの剣より良いです！」

剣の刃が、陽光を受けて美しく煌めく。刃の根元に。〝宝剣ドルマルク〟という名が刻印されているのが見えた。

「喜んでいただけたようで、ホッとしやした。喜んでいただけなかったらどうしようかと、村人はみんな不安で仕方なかったんです」

「なんだ……皆さんこのところ少し暗い顔をしていたので、てっきり村の設備が物足りないのかと思っていました」

「いえいえそんなとんでもない！　この村はとても暮らしやすくなって、不満なんて一つもありませんでしたよ！　そこへさらに領主様が新しく設備を追加して、さらに暮らしを良くしてくださるもんで、村人みんな驚いていたところです」

「そうだったんですね。皆さんの不安の原因が村の設備でなくて良かったです」

原因がわかって良かった。これ以上原因がわからなかったら、最終手段〝ウォータースライダー付きプール〟を作るしかなかったからな。

ロードベルグ伯爵家には、こんな教えがある。

——ロードベルグ伯爵家の教え其の六一。『人からの好意による施しは、素直に受け取るべし』。

僕は正直なところ、この教えについてはよくわかっていなかった。『好意を受け取ったところで、それが何になるのか？』と。

しかし、僕が剣を受け取ったときの、村人の皆さんの嬉しそうな顔を見て、僕はこの教えの真髄を理解した。好意を受け取ると、渡した側も嬉しいのだ。きっと僕が剣を受け取るのを断ったら、タイムロットさん達は悲しんだだろう。

父上、僕はまた一歩、一人前のロードベルグ伯爵家の後継者に近付きました。


————ロードベルグ伯爵家の応接間にて。

「おい、どういうことだ魔族！　レインボードラゴンに村を襲わせる計画が失敗したではないか！」

「ほう？　レインボードラゴンが敗北したと？」

「敗北ではない！　洗脳が解けたのだ！　メルキスをあと一歩まで追い込んだというのに！」

遠くから様子を窺っていたザッハークは知らない。メルキスは、レインボードラゴンを討伐できる状態でありながら、レインボードラゴンを助けるために呪いを解くという方法を取ったことを。

ザッハークの目には、たまたまレインボードラゴンの洗脳が解けたようにしか見えていなかった。

「ふむ。やはりあの試作品では、レインボードラゴンを完全に洗脳することはできませんでしたか。ならば……」

そのとき、屋敷のドアを何者かが叩く。

「少し待っておれ、出てくる」

ザッハークは玄関に向かう。

「アポイントもなくロードベルグ伯爵家を訪ねてくるとは、一体どういうつもりだ！」

ザッハークは玄関の扉を勢いよく開ける。そして目の前の光景に度肝を抜かれる。

玄関の前にいたのは、黄金の鎧を纏った騎士の集団。全員が槍を持ち、いつでも戦闘に移れる状態だった。

「その鎧は王国憲兵団！　なぜ貴様らがここに!?」

王国憲兵団。王国内の犯罪を取り締まり秩序を守護する兵団である。モンスターや他国の侵略といった外部の危機から王国を守護する王国騎士団に対して、憲兵団は王国内部の治安維持を行う。

「急な訪問でごめんなさいねぇ♥　ザッハークさまには、王国内部での騒乱を引き起こそうとした疑いがかけられていますの♥」

黄金の鎧を纏った騎士達が左右に避け、道ができる。

そこを、甘ったるい声の若い女が歩いてくる。服装は薄着で、腹や二の腕や胸の谷間があらわになっている。手には、毒々しいピンクのムチを持っていた。

彼女の名はジュリアン。王国憲兵団の若き団長である。

「貴様かジュリアン！　俺が一体何をしたと言い掛かりをつけるのだ!?」

「最近、悪名高いあの〝黒蠍盗賊団〟が辺境の村を襲って返り討ちにされて、全員捕まって王都に連行されてきましたの。そして彼らが『ザッハーク伯爵に、襲うのにちょうどいい村があると教えてもらった』と証言していまして。伯爵にお話を聞きに来ましたの」

ザッハークは、サーっと血の気が引いていく。

「盗賊団と結託して村を滅ぼそうとするなんて重罪人は、たっぷり尋問して余罪を吐かせないといけませんわね♥」

ジュリアンがムチをしならせる。ジュリアンの尋問好きは、王宮では有名だった。

「なーんて、嘘嘘♥　本当はわかってますわ、あなたが息子のメルキス君と手を組んで、『ぱっと見は大して守りが厚くないけど、実は冒険者の熟練度が異常に高くて絶対に攻め落とせない』あの村に盗賊団をけしかけて、盗賊団を一網打尽にする計画だったんでしょ？」

「へ？」

「いやー、真っ向から戦って叩き潰そうとするとすぐ逃げちゃうから、なかなかあの盗賊団には手を焼いていたのですわ。あの盗賊団を罠に嵌めて壊滅させるなんて、やるじゃないですか、ザッハークさん♥」

「ふ、ふん。盗賊団は本来騎士団の獲物ではないが、叩き潰せば国王陛下の益となる。陛下に仕える者として、当然のことをしたまでよ」

などと大口を叩きながら、ザッハークは冷や汗をかいていた。

「あーざんねーん！　せっかく王国騎士団の副団長を拷問できる、いい機会だと思ったのにー！」

ジュリアンはがっくりと肩を落とす。

「剣が自慢の王国騎士団の副団長の両腕を斬り落として、『もう二度と剣が振れない！』って絶望するところにさらに何度もムチを振り下ろして！　ジワジワと弱っていく姿、想像するだけで興奮するわ❤」

ジュリアンが熱っぽく語る。

「ザッハークさんみたいないい男は、全部自白しても、尋問はやめる気ありませんので❤　そして何日もムチを振り下ろしていくうちに、うっかりやりすぎて殺してしまったりして❤　ウフフ」

ジュリアンの狂気の妄想に、ザッハークは恐怖していた。

（メルキスを陥れるために盗賊団や暗殺者を差し向けたことがバレたら、間違いなく死ぬまで尋問される！）

ザッハークは心の中で叫んでいた。

「ジュリアン団長、死ぬまで尋問というのはいけません。自白したなら、その時点で尋問は取りやめるべきです」

暴走するジュリアンを、横から出てきた小柄な若い女が止める。

露出が多いジュリアンとは対照的に、憲兵団の制服をキッチリと着こなした真面目そうな印象の少女だ。

彼女の名前はイリヤ。憲兵団の副団長である。

（おお！　副団長のイリヤか！　話したことはないが、こいつは真面目そうだ！）

ザッハークは内心ホッとする。

「自白が済んだなら、速やかに刑の執行、即ち処刑を行うべきです。死ぬまで尋問など絶対にしてはいけません！　私が処刑する分がなくなってしまうではありませんか！」

「え？」

「悪人の首を、処刑台でスパーン！　と斬る私の生き甲斐を奪わないでください団長」

（こ、こいつもやばいやつだったーー⁉）

　ザッハークが心の中で悲鳴を上げる。

「ああ、流石は王国騎士団副団長。鍛え抜かれた良い首です。この首をスパーン！　としたらどれだけ気持ちが良いでしょう……」

　イリヤがザッハークの首に手を当てて、うっとりしながら撫で回す。無理に手を払い除けると、

『公務執行妨害で逮捕♥　尋問タイム始まりまーす♥』

『処刑台準備できました。さぁ、スパーン！　と行きましょう』

　という展開が待っていそうなので、ザッハークは涙目になりながら首を撫でられるのを我慢する。

「良い首をしていますね……どうでしょうか、一度だけ試しに斬らせていただけないでしょうか？」

「ダ、ダメに決まっておるだろうが！」

「そこをなんとか！　もちろんあとでキッチリくっつけますので！」

「ダメだダメだ！　絶対にダメだ！」

「金の刃を使った、超高級な処刑台を使ってあげますから！」

「だめだと言っておるだろうが！」

「ダメよイリヤ、罪人でもないのに嫌がる人の首を斬ろうとしては。ごめんなさいザッハークさん、

ウチの副団長少し性癖が曲がっていまして♥」

（お前が言うなあああぁ！！！）

と叫ぶのを、ザッハークはギリギリで我慢した。

〝ビー！　ビー！〟

そのとき突然、イリヤの腰についているクリスタルが光って音を鳴らし始める。

「おや？　コレは魔族の魔力に反応する特殊なクリスタルなのですが、反応していますね。ザッハークさん、心当たりはありますか？　最近怪しい人物に接触したりなどしていませんか？　魔族は人間に化けることもありますから」

接触どころか、魔族そのものが応接間でくつろいでいるところである。

「いや、全くないな。そもそも魔族は絶滅したはずであろう？」

「それが最近、生き残りが確認されまして。人間と手を組んで、何かの計画を進めているようです。私達は、その計画を阻止するために動いています。もし魔族と協力している人間がいれば、問答無用で首をスパーン！　と斬って良しと国王陛下からお許しをいただいております」

「もちろん、たっぷり尋問してからですわ♥」

「そ、そうか」

ザッハークは冷静を装うのに必死だった。

「あー、お話ししたら喉が渇いちゃいましたわ♥　ザッハークさん、屋敷の中に入れてお茶でも出してくださらない？」

「な、ならぬ!!」

ザッハークは反射的に、両手を広げてドアの前に立ちはだかる。

ジュリアンとイリヤが、不審そうな目で慌てるザッハークを見る。

「あらー、随分な慌てようですねザッハークさん♥」

「これは何かを隠している人間の動きですね」

性格（と性癖）に難はあるが、若くして憲兵団の団長と副団長に昇り詰めた二人の実力は本物だ。一瞬でザッハークが何か隠していることを見抜いた。

「え、えーと今はそう！　屋敷が散らかっているのでな！　客を入れられる状態ではないのだ！」

「あらあら♥　私達、そういうのは気にしませんよ♥」

「はい。ジュリアン団長の部屋は常にゴミ箱と見間違えるほど散らかっていますから、多少散らかっている程度では気にもなりません」

ジュリアンがイリヤの頭に軽いゲンコツを落とす。

「えーと、今はその……！」

『応接間に魔族がいるから』とは言えるわけもなく、ザッハークは言い訳に困る。

「わかった、中に呼んだ娼婦がいるのですね♥　お楽しみ中失礼しました♥　今日のところは引き上げますわ♥」

「ではこれにて、失礼します」

急にジュリアンとイリヤがくるりと背を向けて、引き下がる。憲兵団もそれに続いて帰っていく。

そしてザッハークに聞こえないように、

「ザッハークさん、黒ですわね♥　コレは楽しくなってきました……♥　早速調査を始めなくては♥

逃がさないように慎重に、決定的な証拠を手に入れてみせますわ♥」

「尻尾を掴んで処刑する日が楽しみです」

という不穏な会話を交わして、笑い合うのだった。


「た、助かった……！」

憲兵団をやり過ごしたザッハークは、玄関に入ったところでぐったりと倒れ込んでいた。シャツは汗でぐっしょりぬれている。

「くそう、何故俺がこんな目に……！　魔族などと手を組まなければ、いやメルキスさえいなければ……!!」

ザッハークは歯軋りする。

「フフフ。随分弱っていますね。ザッハークさん」

魔族の男が、玄関までザッハークの様子を見に来た。

ザッハークは、

（いっそ今この魔族を斬り殺してしまおうか）

と考えた。

少し前までのザッハークなら、そうしていただろう。しかし、ザッハークはメルキスの村でコテンパンにやられてから剣の自信を完全に失っていた。

(今下手に魔族との協力関係を断れば、この魔族がどこで誰に何を言うかわからん。それに、魔族が仲間を連れて俺を殺そうとするかもしれん。ここは、魔族と協力を続けるのが一番安全か……)

ザッハークはズブズブと危険な方向に進んでしまう。

「次の計画です。魔族には、モンスターを操る力があります。この力を使って、モンスターにメルキスの村を襲わせます。この作戦なら前回のように、途中で洗脳が解けて失敗することはない」

「待て。途中で洗脳が解けてしまったとはいえ、レインボードラゴン相手にある程度渡り合ったあの村の連中を、小型モンスターを差し向けた程度でどうにかできると?」

「その点は御心配なく。魔族が技術の粋《すい》を集めて作り上げた、極悪な変異種モンスターが既にあの村の周囲に住み着いています。さらに、これを使います」

魔族の男が、黒い球を取り出す。

「これは、モンスターを違う次元にまで強化するアイテムです。コレをモンスターに食わせれば、レインボードラゴン並みの戦闘力になります。強化されたモンスターは反動で一週間ほどで死にますがね」

「くくく、それなら問題はないな。よし! 早速メルキスの村に向かうぞ!」

しかしこの作戦がまた、逆にメルキスの村を豊かにしてしまうことになるのだった。

「ご覧ください、ザッハーク伯爵。これが、我々が品種改良したモンスターです」

「……ただデカいだけのニワトリではないか！」

メルキスの村の近くの森の中。

魔族の男とメルキスの父ザッハークは、次なる企みの準備をしていた。

魔族の男が、モンスターの群れを操って集結させている。しかし、集まってきたのは、一見すると大きくなっただけのニワトリである。

「伯爵、コカトリスはご存じですか？」

「無論だ。上半身がニワトリで下半身が蛇のモンスターだろう？　目から石化効果のある光線を出すとも聞くな」

「話が早くて助かります。コカトリスの弱点、それは機動力です。どうしても蛇の下半身では速度が出ませんでした。そこで、機動力の高い鳥モンスターと合成し、下半身を鳥にしました。副次効果として、蹴りによる強力な攻撃を行えるようになりました。フフフ、このモンスターは人類の脅威になりますよ」

「上半身がニワトリで下半身が鳥なら、それは単なるニワトリであろうが！　馬鹿か貴様は！」

「まぁまぁ。おや、ちょうど近くに通常種のコカトリスがいますね。戦わせてみましょう」

魔族の男が、手をかざして通常種コカトリスを洗脳する。通常種コカトリスと、品種改良コカトリスが一対一で向き合い、戦い始める。

『コケー！』

品種改良コカトリスが宙へ飛び上がり、目にもとまらぬ速度で蹴りを叩き込む。通常種コカトリスが吹き飛び、木に叩きつけられる。通常種コカトリスは、即死していた。叩き付けられた木も衝撃で真っ二つに折れている。

「なんと……！　これは見た目によらず強力なモンスターではないか……」

「おや、ちょうど近くにミノタウロスまでいますね」

「ミ、ミノタウロスだと!?　いくら俺が王国騎士団副団長といっても、ミノタウロスはとても手に負えん！　今すぐ逃げ――」

「ミノタウロス程度なら、十分魔族のモンスター支配能力が効きます。が、せっかくなので突然変異コカトリスをけしかけてみましょう」

魔族の男が指をパチン、と鳴らす。

『コケー！』

品種改良コカトリスが猛然と走り、ミノタウロスに迫る。品種改良コカトリスの目が怪しく光り、光線が飛び出す。光線を受けたミノタウロスの動きが止まる。ミノタウロスは、石になっていた。

「馬鹿な、石化しているのか!?　光線を一瞬受けただけで!?　通常のコカトリスは、石化光線を数十秒当てないと石化させられないはずだが？」

「フフフ。品種改良によって、石化効果もパワーアップしています」

品種改良コカトリスが石化したミノタウロスに蹴りを叩き込む。ミノタウロスは、木っ端みじんに砕け散った。

「どうですかザッハーク伯爵、品種改良コカトリスと一戦交えてみますか？」

「いや、遠慮しておこう……。そ、それより、例の玉を食わせねばな」

ザッハークは、懐から取り出した黒い球を近くにいた品種改良コカトリスの口に押し込む。

「これで準備完了ですね」

「さぁ行け、コカトリス共！　メルキスの村へと向かうのだ！」

『『コケー!!』』

品種改良コカトリス達が、一斉にメルキスの村へ駆けだす。

「さぁこれでよし……む、あれは……!?」

ザッハークは、気配を感じて振り返る。そして、少し離れた樹々の間から、メルキスが見ていることに気付いた。

「マズイ、メルキスに見られた。すぐに撤収するぞ！」

ザッハークは、慌てて森の奥へと逃げ込んでいく。魔族の男もそれに続く。

四章

鶏肉いっぱいの
お祭り開幕

SAIKYOGIFT DE
RYOCHI KEIEI SLOWLIFE

――ある日のこと。村の近くをランニングしていたとき。

「さぁ行け、コカトリス共！　メルキスの村へと向かうのだ！」

突然、森の中から父上の声がした。声のした方を見ると、確かに父上だ！　樹が邪魔でよく見えないが、となりに誰かもう一人いるようだ。

父上が、村に遊びに来てくださったのだろうか⁉　どうしよう、嬉しいがもてなしの準備が全然できていない！

しかし父上は、僕を見つけるや否や森の奥へ走っていってしまった。

「村に遊びに来てくださったのではなかったのですか……？」

そして、父上が差し向けたモンスターを見る。父上は〝コカトリス〟と言っていたが、あれはどう見ても巨大なニワトリだ。恐らく、コカトリスの突然変異種だろう。

ニワトリは、立ちふさがる樹々を倒しながら村へ疾走していく。すごいパワーだ。

「こうしてはいられない……！」

僕は急いで村へ戻り、冒険者ギルドへ向かった。

「皆さん大変です、今この村に、大量の突然変異種コカトリスが向かっています！」

「「「なんですって⁉」」」

冒険者さん達が、全員臨戦態勢になる。

「本来コカトリスは上半身がニワトリで、下半身が蛇の姿ですが、この突然変異コカトリスは下半身もニワトリです！　コカトリスの目から飛び出す光線には石化効果があるので、気を付けてください」

冒険者さん達がごくりと唾をのむ。

「そして、これが一番大事な情報ですが……コカトリスの肉は！　とても美味しいらしいのです！」

「「「うおおおお!!」」」

父上が何故、突然変異コカトリスを村に向けて放ったのか。考えられる理由は一つ。

僕と村人へのプレゼントだ。

僕はロードベルグ伯爵家を追い出されたことになっているので、表立って加工済みの肉をプレゼントすることはできない。なので、野生のモンスターがたまたま僕の村を襲った、という体にする必要があるのだ。

父上は、本当に優しいなぁ。

「さぁ、突然変異コカトリスを狩りに行きましょう！」

僕は村の冒険者さん達とともに村を出る。

「いました、突然変異コカトリスです！」

門を出ると、ちょうど突然変異コカトリス達が森から飛び出してくるところだった。

その数、三〇。いや四〇といったところか。

突然変異コカトリス達の目が怪しく光り、光線を発射してくる。

「光線で石化させるんなら、かわせばいいだけだろ？」

村の冒険者さん達が、光線を全て超高速でかわすか、武器で受け止めるかしている。普通はあの光線は避けられないはずなのだが、僕の〝刻印魔法〟で強化された今の村人さん達は、これくらいのことは苦もなくやってみせるのだ。

もし誰かが石化したら、僕の聖属性魔法〝ホーリー〟で回復させようと思っていたが、その必要もなさそうだ。

『コケー⁉』

突然変異コカトリス達が、驚きながら逃げようとする。が、タイムロットさん達にあっさりと捕まる。

「突然変異コカトリス達、俺達の動きを見て驚いてませんか？」

「バカ言え。音速で間合いを詰めるくらい、普通のことだろ？　それくらいでモンスターが驚くかよ」

最近の村人さん達は、感覚が麻痺していると思う。音速で間合いを詰めるなんて、Sランク冒険者でもできないぞ……。

『コケー！』

「キャアアアァ！　助けてくださいメルキスさん！　バケモノみたいに大きいニワトリが追いかけてきますうううぅ！」

ナスターシャが悲鳴を上げながら、突然変異コカトリスに追いかけ回されている。ドラゴン形態に戻れば、ナスターシャの方が遥かに大きいんだぞ……？

「おっきいニワトリさんが見れるっていうから、きっとモフモフして可愛いと思って来ただけなのにいいいぃ！」

泣きながら逃げるナスターシャが転ぶ。突然変異コカトリス達がナスターシャを囲んで蹴りを浴びせるが、びくともしない。どころか、足の踵に生えている爪が折れてしまった。

『コケー⁉』

「食べないでください、食べないでくださいいいぃ‼」

ナスターシャが、叫びながら地面で丸まって防御態勢に入る。

ドラゴン形態に戻ったらナスターシャが食べる側になるんじゃないのか……？

コカトリスの石化光線を受けてもナスターシャには全く変化がない。コレも、レインボードラゴンの鱗の防御効果なのだろう。僕はナスターシャに群がる突然変異コカトリスを全部縛り上げて、助けてやる。

「ありがとうございますうううぅ！　ニワトリ怖かったですうううぅ！」

ナスターシャが抱きついてくる。柔らかいものが、柔らかいものが押し当てられる……！

そうこうしているうちに、突然変異コカトリスを全て捕まえ終わった。

「よし、さっそく帰って、ニワトリ小屋を増設しましょう！」

〝ズシン〟

そのとき、地響きがする。

樹々を踏み倒しながら、巨大な影が現れた。

『コケエエエエエエエェェェェェェ‼』

現れたのは、超巨大な突然変異コカトリス。

「なんて大きさだ……！」

まるでドラゴンだ。胴体が家一軒以上の大きさがある。足の指一本だけでも成人男性より大きい。

「ド、ドラゴン形態のワタシよりも大きいですぅ……キュウ」

ナスターシャは恐怖のあまり気絶してしまった。

『コケエエエェ！』

超巨大コカトリスが、蹴りを繰り出してくる。その一撃で、大地が抉れ、樹々が倒れる。

「うおおお!?　これは流石にキツイぜ！」

村の冒険者さん達が、超音速で攻撃をよけて下がっていく。捕まえたコカトリスも忘れずにしっかりと回収している。だが、とても反撃までは手が回らない。一撃一撃の攻撃範囲が広くて、避けるだけで精一杯なのだ。

「皆さん、下がっていてください。あの超巨大コカトリスは、僕が相手をします」

僕なら、あの攻撃をかいくぐって超巨大コカトリスに攻撃を当てられる。

「おお、久しぶりに領主サマの本気が見られるぜ！」

村人の皆さんに貰った〝宝剣ドルマルク〟を試してみたいと思っていた。これはちょうどいい相手だろう。

先に動いたのは、超巨大ニワトリ。

羽ばたいて宙へ舞い上がる。それだけで、吹き飛ばされそうなほどの風が吹き上がる。そしてそこから、鋭いカギ爪を使って蹴りの連撃を繰り出してくる。

一撃一撃が、地面を深く抉る破壊力。樹が根元から掘り起こされて吹き飛んでいく。僕は左右に飛んで、カギ爪から吹き飛ばされた土を避ける。

僕は戦闘態勢に入ると、常に身体能力魔法〝フォースブースト〟を発動している。この状態の僕は、パワーとスピードが、平常時の数十倍に上昇する。〝刻印魔法〟で強化された村人さん達の、さらに数倍のパワーとスピードだ。

僕は森の樹々を蹴って跳び回ることで超巨大コカトリスを翻弄する。そして、超巨大コカトリスの足元に潜り込んだ。

「見えたか⁉ 今の領主サマの動き！」

「ギリギリ残像だけ見えたぜ！ 流石領主様、強くなった俺達の、さらに遥か上を行っているぜ……」

「メルキスさん、速すぎます！ ワタシ、ドラゴン形態に戻っても絶対メルキスさんに勝てないですぅ」

超巨大コカトリスも、普通のニワトリと同じくずっと飛んでいることはできない。羽で滞空時間を伸ばしてはいるが、飛んでいるのではなくジャンプしているだけだ。

超巨大コカトリスが着地する。その瞬間を、僕は見逃さなかった。

「ロードベルグ流剣術12式、〝流星斬〟！」

走り込みから放つ、横薙ぎの一閃が超巨大コカトリスの右脚を斬り落とす。

身体能力強化魔法〝フォースブースト〟を使えるようになってから、実のところ僕は本気で剣を振るったことがなかった。本気で戦える相手がいなかったというのもあるが、剣を壊してしまうからというのが最大の理由だ。

並の剣の強度では、僕の本気に耐えられなかった。だが、この〝宝剣ドルマルク〟は、僕の本気を受け止めてくれる。

……本当に、素晴らしい剣を貰った。村人さん達には感謝するばかりだ。

右足を失った超巨大コカトリスが転倒する。これでとどめだ。

「ロードベルグ流剣術93式、〝緋空一閃〟！」

超巨大コカトリスの首を、僕の剣が両断した。

「――よし、戦闘終了！」

村の皆さんに貰った剣を実戦で試せて良かった。この剣は、期待以上の威力を発揮してくれた。

「では、早速村に新しくコカトリスの飼育小屋を作りましょう！　このコカトリスを村でニワトリと同じように飼育できれば、安定して肉を供給することができます！」

「「「うおおおお！　夢にまでみた肉だ!!」」」

僕らは、一旦超巨大コカトリスは置いておいてニワトリの飼育小屋を作り始める。

「普通の樹で作った小屋だと一瞬で壊されてしまうので、レインボードラゴンの炎で焼いた『奇跡のレンガ』を使います。ナスターシャ、レンガを焼いてくれるか？」

「わかりましたぁ、すぐに焼いてきますぅ～」

焼いてもらったレンガを、村人さん達が分担して積んでいく。

「領主様の魔法のおかげで、重いレンガでも全然運ぶのが苦にならないぜ！」

こうしてあっという間に、突然変異コカトリスを飼育する小屋が完成した。

「飼育する数は少ないですが、一羽からとれる肉の量が普通のニワトリより遥かに多いですから。繁殖できれば、きっと鶏肉を毎日食べられるようになりますよ」

「おお！　肉なんて週に一度、いや月に一度しか食べられませんでした。毎日肉を食べられるなんて夢みたいです！」

「子供の食事の栄養が偏ってしまうのがずっと心配だったのですが、やっと必要なだけのお肉を食べさせてあげられる……良かった、本当に良かった！」

「毎日肉が食えるなんて、天国にいるみたいだ！」

村のみんなが、心底嬉しそうな顔をする。感極まって泣き出す人までいた。

「ニッワトリ！　ニッワトリ！　美味しいニワトリ大量ゲットー!!」

そんな中、シスターのリリーさんが異常なテンションではしゃいでいる。

「リリーちゃんはな、お肉が大好きなんだよ。村の中で間違いなく一番美味しそうに鶏肉を食べるんだ」

タイムロットさんが、僕の耳元でそっとささやいて教えてくれる。ニワトリを前にしてはしゃぐ姿は、村のみんなを命懸けで瘴気から救おうとしていたシスターと同一人物とは思えない。

「こんなに沢山美味しそうな鶏肉が手に入ったのは、メルキス様のおかげです。やはりメルキス様は女神アルカディアス様の使いで間違いありません」

「違います。それから、コカトリスは石化光線を撃ってくるのであまり近付くと危ないですよ」

「わかりました、気を付けます。ああ～可愛いねぇ鶏肉ちゃん達！　早く食べてあげたいねぇ～！」

シスターのリリーさんが満面の笑みを浮かべると、コカトリスが羽を広げて威嚇する。本能的に生命の危険を感じているのだろう。

「ああー、可愛いねぇ威嚇なんてしちゃって。ほんと食べちゃいたいくらい可愛い～！　ジュルリ。あら、なんだか体が重くなってきた……？　まるで身体が石になったような……？」

「リリーさん、石化攻撃を受けています！」

僕は慌てて聖属性魔法〝ホーリー〟で石化を解除する。


この日以降、村人さん達が毎日コカトリスに餌をやったり卵を回収するようになった。回収した卵は、しばらくは繁殖用に回すが、余裕が出れば食用にも回したい。

まれにコカトリスの視線を避け切れず、石化してしまった村人が僕の屋敷に運び込まれるようになった。そのたびに僕は聖属性魔法〝ホーリー〟で石化を解除する。

……そして、コカトリスを眺めていて石化させられたリリーさんも運び込まれてくるようになった。毎回、とても良い笑顔のまま運び込まれてくるのである……。

捕まえた突然変異コカトリスを全て小屋に収納し終えて、いよいよさっき僕が倒した〝超巨大コカトリス〟の解体に移る。

突然変異コカトリスの飼育を始めて、村の皆さんのお肉に対する期待は高まっている。口にはしないが、『早く鶏肉が食べたい!!』という思いがヒシヒシと伝わってくる。

「ああ、早く鶏肉が食べたいです！　もう待ちきれません……！　ジュルリ」

そして、思いを口にする人もいる。お肉大好きシスターのリリーさんだ。

「今日は祭りを開いて、村人みんなで腹いっぱいになるまで食べましょう！」

「腹いっぱい……？　いいんですかい領主サマ!?」

「聞いたかみんな！　新しい領主様は太っ腹だぞ！」

「お肉料理なんて、普段一週間に一品食べられたらいい方なのに……夢みたいです！」

村人の皆さんが歓喜の声を上げる。お肉大好きなリリーさんに至っては涙ぐんでいる。

村のみんなで協力して、超巨大コカトリスを村の広場に運び、羽をむしり、解体していく。

「領主様、むしった羽はどうしましょうか？」

「これだけ大きくて綺麗な羽なら、何かしら使い道がありそうです。空いている納屋にしまっておいてください」

「了解しました！」

超巨大コカトリスの解体は、〝刻印魔法〟で強化された村人さん達でも一苦労だった。何しろ、解体した手羽など一つ一つのパーツが、牛一頭と同じかそれ以上に大きいのだ。

超巨大コカトリスの解体が終わり、料理を始められるようになったのは夕方になってからだった。

料理の腕に自信がある村人達が、腕によりをかけて鶏肉を調理していく。今日食べきれる分は普通の料理に、それ以外はスモークチキンなどの保存食に加工していく。

「駄目よ、村中のかまどを使っても料理が間に合わないわ！　お肉の量が多すぎるわ！」

「それでしたら、ワタシも炎でお肉を焼くのを手伝いますねぇ～」

ナスターシャが、ドラゴン形態になってブレスでお肉を焼いていく。

暗くなり始めた広場に、村人の皆さんが自宅から持ってきてくれたテーブルがずらっと並ぶ。その上を、鶏肉料理が埋め尽くす。

「図書館に料理の本があって良かったわ！　おかげでいろんな料理が作れたもの！」

「いろんな種類の野菜が使えるのも嬉しいわ！」

テーブルの上には、色とりどりの料理が並んでいる。そのどれもが美味しそうだ。

「みんな準備はできたよね？　それではメルキス祭りを開始しまーす！　カンパーイ！」

「「カンパーイ!!」」

マリエルが音頭をとると、僕以外の全員がコップを突き上げる。

「待ってマリエル！　祭りに僕の名前を付けないで……！」

「いいじゃんいいじゃん！　そんなことより、メルキスもお肉食べよ！」

マリエルが、焼いたモモ肉を僕の口に突っ込む。

「モゴ！　……美味しい！」

「よね！　普通のニワトリよりもずっとジューシーな気がする！」

王宮で高級な料理を食べ慣れているはずのマリエルも、笑顔で鶏肉を頬張っている。それほど美味しい鶏肉だった。普通のニワトリよりもずっとジューシーな気がする。

「俺、一回でいいから肉だけで腹を膨らませてみたかったんだ！」

「普段は硬くなったパンで鶏肉をサンドしてるけど、今日だけは逆にパンを鶏肉でサンドするぜ！

ああ、最高の贅沢だ〜」

「やりますね！　では私は、揚げた鶏肉を焼いた鶏肉でサンド！　これが最強の鶏肉料理です!!　いただきます！　美味しい!!」

「そ、そんなのアリかよ……!?」

リリーさんが他の村人に張り合って謎の鶏肉料理を誕生させている。本当にお肉が好きなんだな……。

村人達が楽しそうに鶏肉を食べているのを見ると、僕も嬉しくなってくる。

「こうして鶏肉を思う存分食べられるのも、新領主様のおかげです。新領主様最高ー！」

「領主サマバンザイだぜ！」

「ありがとう領主様〜！」

村人のみんながお礼を言ってくれるのは、いまだに照れくさい。

鶏肉料理をたっぷり食べて腹がだいぶ膨れた頃、広場の端の方で何かがぶつかる音が聞こえ始めた。

「どりゃあー！」

「なんの！」

村の冒険者達が、模擬戦用武器を使って戦っていた。

「お祭りの途中でも訓練ですか。みなさん、すごい努力家なんですね……」

「いや、俺達は腹を空かせるために体を動かしてるだけですぜ！」

「え？」

「こうして体を動かせば腹が減る！　そしてまた鶏肉を美味しく食べられる！　訓練はそのついでってわけです！」

そう言いながら冒険者さん達は楽しそうに剣を振るう。

「なるほど、その手がありましたか……！」

話を聞いていたリリーさんが、その場でスクワットを始めた。村を瘴気から守ろうとしていたときと同じくらい、真剣な顔をしている……！

「メルキス、私達も運動しよう！」

と言いながら、マリエルが借りてきた訓練用の剣を振り下ろしてきた。

不意を突かれたがマリエルのパラメータは普通の女の子程度なので、余裕でかわせる。『マリエル、王女としてもっと節度をもった行動を……』と言おうとして、僕はやめた。

せっかくのお祭りなのだ、僕も羽目を外して楽しもう。

「やったなこのー！」

ハンデとして僕は剣の代わりにフォークの柄を使って、マリエルとチャンバラを始める。当然、身体能力強化魔法は使わない。

「頑張れ領主様～！」

「マリエル様も負けないでー！」

村人達の声援を受けながら、僕とマリエルは何度も木製の剣とフォークをぶつけ、笑い合う。こんなふうにマリエルと思いっきり遊んだのは、一体いつ以来だろう。

こうして、最高に楽しい夜は更けていった。

――お祭りの翌日。村のあちこちでは、煙が上がっている。

交代で番をしながら、鶏肉をあぶってスモークチキンやジャーキーに加工しているのだ。

昨日食べきれなかった鶏肉は、これで長持ちする。加工している人達は、みんな食べるときを楽しみに笑顔で手を動かしている。

「た、助けて欲しいのニャー！」

そんなとき、村の門の方から悲鳴が聞こえる。聞き覚えのない声だ。この村の住人の悲鳴ではない。

「誰かがモンスターに襲われています！　助けに行きましょう！」

僕は鶏肉の加工をしていた冒険者さん達と一緒に、村の門の方へ向かう。

門の前では、小さな沢山の人影がモンスターに襲われていた。

大きさは子供程度。服を着ているが、二足歩行するネコそっくりの姿をしている。

「獣人族の一種、キャト族か！　話に聞いたことがあったけど、本当にネコみたいだ」

そのキャト族に、巨大なモンスターが襲い掛かる。

トロール。成人男性の倍以上の体長を持つ、巨大な二足歩行モンスターだ。手にした棍棒をキャト族の一人めがけて振り下ろす。

〝パシンッ〟

タイムロットさんが一瞬で間合いを詰めて、片手で棍棒を受け止めていた。

「お前さん達、獣人かい？　噂で聞いたことはあるが、初めて見たぜ！」

トロールの棍棒を掴んだまま、タイムロットさんが呑気に話し始める。

「人間さん！　お話ししてる場合じゃないニャ！　まずはトロールをなんとかするニャ！！」

「トロール？　ああ、こいつか？　こんなモンスター、気にしなくても大丈夫だぜ」

タイムロットさんが話している間にも、トロールがもう一度棍棒を振り下ろそうとする。だが、タイムロットさんがしっかりと棍棒を握っているので振り上げられない。

棍棒を何とか取り上げようとトロールが全身の力を込めるが、ビクともしていない。

「ト、トロールを片手で完封してるニャ？　人間さん、どういう腕力してるニャ……？」

「ん？　雑魚モンスターの攻撃を片手で止めるなんて、普通のことじゃねぇのか？」

タイムロットさん達は、最近感覚がおかしくなっている。

〝グオオォ！〟

トロールが怒りの咆哮を上げる。そして棍棒を手離し、素手でタイムロットさんを殴ろうとするのだが……。

「うるせぇな、今話してるだろうが」

タイムロットさんの斧が、一瞬でトロールの胴を両断する。

「に、人間さん強すぎるニャ……！」

森の奥から、さらにトロールが出てくる。一体のトロールが、村の若い冒険者さんに後ろから襲い掛かる。

「人間さん、後ろニャ！　後ろにトロールがいるニャ！」

若い冒険者さんは、腰の剣に手を掛ける。

「人間さん、早く避けるニャ！　避けないと、トロールに潰され……あれ、何が起きてるニャ？」

トロールの動きがピタリと止まる。そして、体の各部に、いくつもの横線が入っていく。積み上げたコインが倒れるように、バラバラとトロールの体が崩れていく。

「ま、まさか一瞬でトロールを何度も斬りつけていたのニャ……？　全く！　全く見えなかったニャ！」

僕には、若い冒険者さんがトロールに十連撃を叩き込み、剣を納めるまでの一連の動きがはっきりと見えていた。それも、瞬きの間のような一瞬の出来事だったが。

森の奥から、まだまだトロールが出てくる。どうやら、群れで行動していたらしい。

「す、数十体はいるニャ！　みんな逃げるニャ！　あの数で囲まれたら勝てっこないニャ！　もうおしまいニャ！」

「ネコさん達の言う通りですぅ！　もうおしまいです、勝てっこないですぅ！」

キャト族さん達にまじって、ナスターシャも膝を地面について絶望していた。ドラゴン形態に戻った君の方が遥かに強いんだけどなぁ。

「落ち着いてください。大丈夫ですよ。僕が片付けます、皆さん下がってください。発動、〝ファイアーボール〟！」

特大の火球がトロールの群れの中心に突っ込んで、大爆発を起こす。爆発に巻き込まれたトロール達は、跡形もなく消滅した。森にはいつもの静けさが戻る。

「もう大丈夫ですよ、皆さん」

「人間さん、ありがとうございますニャ！」

キャト族の皆さんはそうお礼を言って……。

「駄目ニャ。お腹が減ってもう力が入らないのニャ」

倒れてしまった。

「生き返るのニャ～！　このお肉、とっっっってても美味しいのニャ！」

「一週間ぶりのお食事が、体に染みるのニャ～！」

「生きていて良かったのニャ！」

スモークチキンやジャーキーに加工しようとしていた昨日の肉をふるまうと、キャト族の皆さんはとても美味しそうに食べる。肉球のついた手で器用に食器を使っている様子は、見ているだけで心が癒される。

「ありがとうございましたニャ！　生き返りましたニャ！」

キャト族の皆さんが丁寧に頭を下げる。可愛い。

「僕らは〝ミケ商会〟。キャト族で作った商会で、あちこちで物を売ったり買ったりして商売をしているのニャ！　ただ、一週間前にモンスターに襲われて、荷物を全て失ってしまったのニャ……」

「一週間の間、逃げるだけで精一杯だったのニャ」

尻尾と耳がしゅんと垂れ下がる。

「もうだめだと思ったとき、目の前に大きな村があったから助けを呼んだのニャ」

「まさかこんな森の中に立派な村があると思わなかったのニャ。話を一度も聞いたことがなかったのニャ！　不思議ニャ！」

「それはそうだよ！　この村が大きくなったのは、ここ数ヶ月のことなんだからね！　それも全部、私の婚約者メルキスのおかげだよ」

マリエルが得意げに胸を反らす。

「ええ！　数ヶ月で村がこんなに大きく発展したんですかニャ!?　信じられないニャ！」

「せっかくだから、この村を案内してあげるよ！　さぁ、ついてきて。絶対に驚くんだから！」

「ニャハハ。ボク達はこの大陸のあちこちを旅して、色々なものを見てきましたニャ。それに、今日はもう沢山驚いたので、これ以上驚くことなんてないですニャ」

しかしキャト族のそんな余裕は、あっという間に消し飛ぶのだった。

「よし、じゃあ私がキャト族の皆さんに、村を案内してあげよう！」

「よろしくお願いしますニャ！」

「楽しみですニャ！」

マリエルが意気揚々とキャト族の皆さんを引き連れて歩く。

「まずは、昨日新しくできたばっかりのニワトリ小屋！」

「ニ、ニワトリがむちゃくちゃ大きいですニャ!?」

「鶏肉を食べるどころかボク達が食べられちゃうニャ！」

キャト族の皆さんの尻尾が跳ね上がる。

『コケー！』

突然変異コカトリスが威嚇の叫びをあげる。

「これ、本当にニワトリですニャ？」

「正しくは、突然変異したコカトリスだよ。ほら、目から光線が出るでしょ。あれに当たると石化しちゃうから気をつけてね」

僕はさっきから、マリエルとキャト族に向けて放たれた石化光線を剣で弾いて守っていた。

「なんか目から光線が出ていると思ってたけど、あれに当たると石化するのニャ!?　危険すぎるのニャ!!　そんな危険なモンスターを家畜にしてるのニャ!?」

『これ以上驚くことはないニャ！』と言っていたが最初から驚いている。

「大丈夫大丈夫。村の人達は、あんな光線当たらないくらい強いから。ほら、村のみんなは手の甲に紋章が入ってるでしょ？　〝刻印魔法〟っていって、メルキスに魔法で刻印を入れてもらうと、メルキスの命令に逆らえなくなるかわりに、全パラメータが跳ね上がるんだ。すごいでしょ！」

「なるほど、それで村の人間さんはあんなにお強いのですニャ！　とんでもない魔法ですニャ！」

「普通の人間をあそこまで強くできるなら、本気で取り組めば国を一つ落とすことも可能なんじゃないかニャ……？」

ちなみに、村の住人で刻印を刻んでいないのは、ナスターシャだけだ。ナスターシャは、人間形態でさえ刻印で強化された村人以上のパワーがある。そこへ刻印の強化をしてしまうと、力加減ができず村の施設を破壊してしまうだろうということで、刻印を刻んでいない。

「じゃあ次は、畑を見せてあげよう！」

マリエルが、畑へキャト族の皆さんを案内する。

「なんで野菜がこんなに沢山、しかも季節外れのモノまで実っているのニャ……？」

「これも、メルキスの魔法の力だよ！」

「メルキス様の魔法は、刻印魔法だけじゃないのニャ？　メルキス様、底が知れないのニャ……！」

「それにしてもここの野菜、美味しそうだニャァ……！」

「そして次は図書館！」

マリエルが、キャト族の皆さんを引き連れて図書館へ向かう。

「な、なんで辺境の村に図書館があるのニャ!?」

「図書館なんて、王都中心にしかないはずなのニャ！」

「これもね、メルキスが作ってくれたんだよ」

「なんて領民想いな領主様なのニャ……」

「いえいえ、僕は領主として当然のことをしているだけですよ」

「全然領主として当然、の域を超えているニャ！　この大陸をあちこち旅してきたけど、こんなに領民思いの領主様は他にいないニャ！　今日一番の驚きニャ！」

「だろ？　俺達の自慢の領主様はすげぇだろ？」

「そうだよ、私の婚約者はすごいんだよ！」

さらに得意げになったマリエルは、村中あちこちを案内して回るのだった。


一時間後。

「し、信じられないのニャ！　村を囲む高い高い土の壁！　村中の植え込みに咲いている綺麗な花！　遊具の充実した公園！　大きな家が立ち並ぶ綺麗な街並み！　こんな美しい村は見たことないのニャ！」

「まるで楽園なのニャ！　……わかったニャ！　ボク達、さっきトロールに殴られて死んだのニャ！　ここは、死後の楽園なのニャ！　そしてメルキス様は僕らを楽園に案内してくれた神様の使いなのニャ！」

「その通りです。メルキス様は女神アルカディアス様の使いなのです。さぁ、共にメルキス様を崇めましょう」

「リリーさん、話をややこしくしないでください」

シスターのリリーさんは、一体どうしたら僕が女神アルカディアス様の使いでないとわかってくれるのだろう。

「そういえば、冒険者ギルドはまだ見せてなかったね。ここはメルキスが来てからまだ何も手を加えていない施設だけど、見ていって！　きっとそのうちここもすっごく綺麗で立派な施設に生まれ変わるんだから！」

マリエルが、キャト族の皆さんを冒険者ギルドの中に案内する。確かに、まだ冒険者ギルドの改築は手をつけられていない。寒くなる前に、まずボロくなった建屋でも立て直しておきたい。

「ニャニャ!?　これはなんですかニャ!?」

「ああ、それは売れないモンスターの素材入れですよ。モンスター毛皮や爪など、服や防具に使える素材は売るんですが、買い取ってもらえない素材はそこに放り込んで、ある程度溜まったらまとめて捨てに行くんですよ」

「も、もったいないニャ！　鹿モンスター・イービルディアの角やゴブリンの骨は、国によっては薬の材料として高く買ってもらえるのニャ！」

「あ、スライムからたまに取れる結晶石もあるニャ！　特殊な儀式魔法を使うために必要だからこれも高く売れるニャ！」

「探せば、まだまだお宝がありそうニャ！　是非買い取らせてほしいニャ！」

キャト族の皆さんが素材の山を掘るのに夢中になる。

「おう、まだまだ冒険者ギルドの奥に素材があるぜぇ」

タイムロットさんが、素材の箱を担いで持ってくる。

「おおー、これはすごい量ですニャ！」

キャト族の皆さんは目を輝かせていた。

「まだありやすぜ！」

「ニャ？」

他の冒険者さん達も手伝って、奥からどんどん素材の詰まった箱を出してくる。キャト族の皆さんが鑑定するより箱が増える方が早いので、小柄なキャト族の皆さんの体が見えなくなるほど箱が高く積まれてしまった。

「こ、こんなにですかニャ……？」

「全部で恐らく、三〇〇万、いや四〇〇万ゴールド分はありますニャ……」

「そうだ、外にも買い取ってほしいものが置いてあります」

「こ、今度は一体何が出てくるんですかニャ……？」

キャト族さん達が恐る恐る外に出る。

「少し待っていてくださいね」

僕は、冒険者ギルドの裏手に立てかけておいたミノタウロスの斧を持ってきて見せる。

「なんですかニャその異常に大きい斧は？　冒険者ギルドの看板につける看板ですかニャ？」

「いえ、ミノタウロスの斧です」

「ニャー!?」

キャト族の皆さんが全員尻尾を逆立てて驚いた。

「ミミミ、ミノタウロス!?　そんな大物を倒したんですかニャ!?」

「信じられないニャ！　王国騎士団数十人でかかってやっと倒せるバケモノニャ！」

「ミノタウロス如き、領主サマが出るまでもねぇ。俺達だけで十分倒せるぜ。それにな、ミノタウロスには実は簡単な倒し方があるんだ。ミノタウロスの弱点は首か胴体！　ここを狙うんだ。首か胴体を叩き斬ってやれば、一撃で倒せるぜ！」

「「「それが簡単にできれば誰も苦労しないのニャー！」」」

キャト族の皆さんが叫ぶ。

「ミノタウロスの斧は、ボク達も見るのは初めてですニャ。ミノタウロスの斧は、大きすぎて人間の武器としては使えないのですが、〝ダマスカス鋼〟が含まれているので、高く売れるのですニャ」

ダマスカス鋼。伝説級レア金属の一種だ。ダマスカス、ミスリル、アダマンタイト、オリハルコン、そしてヒヒイロカネ。

どれも希少かつ強力な武器が作れるため、偶に市場に出た際にはかなり高い値段がつくという。

僕も一人の剣士として、伝説級金属で作られた武器を手にしてみたいという思いはある。が、その日は遠いだろう。僕は剣士としても領主としても、まだまだ一人前には程遠いのだから。

「いやー、まさかミノタウロスの斧にお目にかかれる日が来るとは。夢にも思って――」

「あ、まだありますよ」

僕は裏からミノタウロスの斧を運んできて、キャト族の皆さんの前に置く。

「ニャ!?　に、二本目のミノタウロスの斧!?」

「まだあります。三本目」

「ニャニャ!?」

「四本目」

「ニャニャニャ!?」

「五本目」

「ニャニャニャニャ!?」

「六本目」

「ニャニャニャニャニャー!?」


最後である一三本目を持ってくる頃には、キャト族の皆さんは驚き疲れてぐったりしていた。

「この村にいると、常識がぶっ壊れてしまいそうなのニャ……」

「トロールの棍棒を片手で受け止めるのが普通に思えてきたのニャ……」

キャト族の皆さんも、そろそろ常識が捻じ曲がり始めてしまっている。

「メルキス様、一つお願いがありますニャ。どうか、ボク達をこの村に住ませて欲しいのニャ！」

「ボク達はこの大陸中を旅して、いろんな国との取引をしてきましたニャ！　この村をこれから大きくするためのお手伝いができるはずニャ！」

「それは願ってもない申し出です。よろしくお願いします」

僕はキャト族の皆さん一人一人と握手をする。キャト族の肉球はひんやりしていて、触り心地がとても良い。

「いいね！　これまで、村の外部との取引は私が全部王宮にいた頃のツテのある商会を通して行っていたけど、やっぱりこれから村を大きくするためには、貿易の専門家がいた方がいいからね」

「お任せください！　物の取引はボク達の専門分野！　この村で採れたモンスターの素材をあちこちで高く売って、大陸中から珍しいものを仕入れてきますニャ！」

実に頼もしい。キャト族の皆さんの力は、この村をこれからさらに大きくしていくために必ず役に立ってくれるだろう。これまでガラクタとしか思っていなかったモンスターの素材も、キャト族の皆さんなら高く売ってきてくれるという。これで村の収入はさらに増えるだろう。

「ところで領主様、一つお願いがありますニャ！　ボク達にも、他のみんなと同じように刻印を入れてほしいのニャ！」

「それはできません。あの魔法で刻印を刻むと、魔法の使い手である僕の命令に逆らえなくなる、というとても大きなデメリットがあって……」

「「構いませんニャ！　ボク達は領主様のことを信用しているのニャ！」」

キャト族の皆さんが、声を揃えてまっすぐな目でそう言った。

「……わかりました。では、刻印を刻みましょう」

キャト族の皆さんの小さな手の甲に、小さなロードベルグ伯爵家の家紋が浮かび上がる。

「おおー！　村の皆さんとお揃いの刻印ニャ！　カッコイイニャ！」

「力がみなぎってくるニャ！」

「この力があれば、移動が早くなって仕事の効率も跳ね上がるニャ！」

キャト族の皆さんが、喜んで飛び跳ねる。とても可愛い。

「よし、ちょっと本気で走ってみるニャ！」

そう言った瞬間、キャト族の皆さんの姿がかき消えた。村の道を、風のように走り抜けていく。

「すごい速度だな……」

強化されたキャト族の皆さんは、人間の村人さん達以上の速度だ。

「聞いたことがあるよ。キャト族は、脚が速い獣人種。馬を使わず、自分の足で走って高速で商品を届けることで有名だって」

「ハイですニャ。運送速度は大陸一だと自負しておりますニャ。獣人族の走るスピードは、馬より速いのですニャ！」

キャト族の皆さんが胸を張る。可愛い。

「それが刻印魔法でおよそ一〇倍の速度になったということは……」

「ハイ、今までの一〇倍の速度で取引を進められるのですニャ！　いっぱい村の特産品を売って、いっぱい村のお役に立つものを買ってきますニャ！」

「では早速、さっきのモンスターの素材を売ってきてください」

「「了解しましたのニャ！」」

そう言ってキャト族の皆さんが、素材の入った箱やミノタウロスの斧を持って、すごい勢いで出発していった。

――一週間後。

「よーし、完成だ！」

村の住宅街を拡張し、新しい家が複数件完成した。キャト族の皆さん用の家だ。

「ありがとうございますニャ！　新参者のボク達に、新しく家を建ててもらえるなんてありがたすぎますニャ！」

子供程度しか身長がないキャト族に合わせて、天井は低くしてある。そのため、他の家よりもかなり背が低い。

「これまで人間用の家を借りて住んでいたことはあるのですが、広すぎて落ち着かなかったのですニャ！」

「わざわざボク達に合わせて家を設計してくれて、ありがとうなのニャ！」

「それからもう一つ、キャト族の皆さんがモンスターの素材を売りに行ってくれている間に用意したものがあります」

僕はキャト族を畑に案内する。

「こ、これは――！　マタタビニャ――‼」

キャト族の皆さんが、目にもとまらぬ速度でマタタビ畑にダイブする。

「キャト族はマタタビが大好きと聞いて、植物魔法〝グローアップ〟で生やしてみました」

「ありがとうございますニャ！　その通り、ボク達はマタタビが大好きなのニャ！」

「マタタビがこんなに沢山！　幸せなのニャ！」

「しかもこれまで見たどのマタタビよりも質がいいのニャ！　きっと領主様の魔法の腕がいいからな

のニャ！　ありがとうなのニャ！」

マタタビの上でひっくり返って体をくねらせたり寝転がったりして、キャト族の皆さんはとても幸せそうだ。その姿を見ていると、こちらも幸せになってくる。

こうして村に新たな仲間が加わった。

◇◇◇

「お魚が！　食べたいですニャ！」

ある日のこと。

キャト族さんが魚料理への思いを募らせていた。キャト族とは、魚が好きな種族でもあるのだ。

「海沿いの街に取引に行ったときには食べられるけど、この村にいるときにも食べたいのですニャ！」

「海の魚は難しくても、淡水魚ならこの村でも手に入るかもしれないのニャ！」

「領主様、この近くに魚が獲れる川や湖はありますかニャ？」

「そうですね……魚が獲れるかはわかりませんが、湖はありますよ」

……というわけで。

キャト族の皆さんを引き連れて、近くの湖までやってきた。村に引いている川も、この湖を水源にしている。

「湖ニャ！」

「早速釣るニャ！」

「久々にお魚が食べられるのニャ！」

キャト族さん達が意気揚々と釣竿を振る。するとすぐに、一人のキャト族さんの竿に獲物が掛かったようだ。

「ニャニャ!? すごく引きが強いニャ！」

「これは大物ニャ！」

「今晩はたらふく食べられるのニャ！」

キャト族の皆さんが、集まって一本の竿を引く。とてもほっこりする光景だ。

……いや、引きが強すぎではないか？

そのとき、僕は竿を引いているものの正体に思い当たった。

「皆さん、今すぐ竿を放してください！　釣り針に掛かっているのは魚じゃありません、モンスターです！」

僕が言うと同時に、水中にいる何かが一層糸を引く。

「「「ニャー!?」」」

キャト族さん達がまとめて宙に放り出される。

そして、水面からワニモンスターが顔を出す。どうやら釣り針に引っかかったのはこのモンスターだったらしい。ワニモンスターが大顎を開けてキャト族さん達をまとめて飲み込もうとする。

「「「ニャーーーーーー!?」」」

「〝ファイアーボール〟！」

僕はワニモンスターを魔法で吹き飛ばす。キャト族さん達は湖に勢いよく着水した。

キャト族さん達が急いで岸に上がる。

「領主様、ありがとうございますニャ。死ぬかと思ったのニャ……」

キャト族さん達が、体をふるって水を落とす。

よく見れば、湖のあちこちで不自然に波が立っている。モンスターの背中らしきものもたまに水上に出てきている。

きっと水面下には大型モンスターがうようよしているのだろう。

「うーん、モンスターを駆除しないことには安心して釣りもできないな」

モンスターが湖に一体でも残っていると危ない。キャト族さん達も〝刻印魔法〟で能力が強化されているとはいえ、さっきのように大型モンスターに不意打ちされたらひとたまりもない。

だが、水中のモンスターを一体残らず駆除する方法なんて……。

「ふっふっふ。ここは私に任せてもらおうかな？」

振り返ると、いつの間にかついてきていたマリエルが得意げな笑みを浮かべて腕組みしている。

「何かいいアイデアがあるのか、マリエル？」

「もちろん。私の才能《ギフト》で、湖の水全部抜いちゃおう」

「なるほど、その手があったか……！」

こうして、湖のモンスター駆除プロジェクトが始まった。

――マリエルが水中に出した異次元倉庫の門に、水がドンドンと吸い込まれていく。

湖の水位が下がり、色々なものが出てきた。

小回りの利く魚達は既にまだ水の残っている方へと逃げている。

が、小回りの利かない大型モンスター達は一部取り残されている。水が引いた湖底でワニモンスターが何体もひっくり返っていた。

「領主サマの手を煩わせるんじゃねぇ！　行くぞ野郎ども！」

「「「おう!!」」」

話を聞きつけたタイムロットさん達もやってきて、片っ端から湖にいたモンスター達を退治していく。

「さぁ、倒したモンスターはこちらに運んでください！　早く早く！」

お肉大好きシスターのリリーさんが、焚火をして待ち構えていた。運ばれてきたお肉を、片っ端から火であぶり始める。

「あああああ、焼けるのが待ち遠しいですー！」

リリーさんが、肉が焼きあがるのを今か今かと待ちかねている。口の端からヨダレが垂れそうだ。

「むぅ、火力が足りませんね」

確かに、焚火程度では次々運び込まれるモンスターの肉を焼くには火力が足りない。

「お、ちょうどいいところに」

リリーさんが、見物に来ていたナスターシャの袖を掴む。

「ナスターシャさん、あなたの火でお肉を焼いてください」

「ええ!?」

「早く！　このままでは私、火が通る前のお肉に手を出してしまいそうです」

リリーさんが、ナスターシャに噛みつきそうな勢いで頼み込む。

「わかりました、わかりましたから食べないでください～！」

ドラゴン形態になったナスターシャが、炎で肉を焼き始める。

湖の方はどんどん水位が下がり、いよいよ普段全く見えなかった湖の底が見えてきた。

「メルキス、あれって……」

マリエルが指差す方を見ると、なんと石柱が立っていた。あちらこちらに似たような石柱や建物が建っている。

「これはもしかして、遺跡なのか……？」

「いくぞ、お宝探しだー!!」

マリエルに腕を引かれて、僕は遺跡の中に足を踏み入れる。

「なんて書いてあるんだ、これ……？」

ところどころに何かが書いてあるのだが、見たこともない文字で書かれているためさっぱり読めない。この遺跡がなんのために建てられたのかさえまるで見当もつかない。

あまり長い時間湖の水を抜いてしまうと、湖の魚まで弱って死んでしまう。できるだけ手早く済ませなければいけない。

奥の方まで進んで何があるのか調べたい気持ちはとてもあるのだが、そんなことをすると丸一日あってもとても足りない。とりあえず今はめぼしい文字だけメモしておくことにした。

「またいつか、遺跡探検しに来たいなぁ……！」

僕とマリエルは名残惜しい気持ちで遺跡を後にした。

外に出ると、いよいよ湖の水が残り少なくなっていた。

「これだけ抜けば、大丈夫かな」

マリエルが異次元倉庫の門を閉じる。

湖は、一番深かった場所にしか水が残っていない。しかも、もう膝までしか水位がない。

水棲《すいせい》モンスター達は、完全に身動きが取れなくなっている。無防備になったワニモンスターや魚モンスターを、村の冒険者さん達が討伐していく。

「お魚がいっぱいだニャア……！」

狭い場所に、湖中の魚が集まっている。獲り放題だ。

「こっちに美味しそうなのがいるニャ！」

「こっちにもいるニャ！」

「今日は食べ放題ニャ！」

「キャト族のみなさん、魚は獲りつくさないように気を付けてくださいねー！　全滅させてしまったら、もう獲れなくなってしまいますから」

「「了解ですニャ！」」

キャト族さん達は、夢中で魚を獲る。

「ん？　あれは……」

僕は、湖の底に不思議な物体を見つけた。単なる岩だと思っていたのだが、どうにも形が変だ。

「これってもしかして、貝なのか……？」

二枚貝が、上半分だけ湖の底から突き出ている。下半分は地面に埋まっているようだ。

突き出ている部分だけで僕の背丈よりも高い。

「うーむ、貝モンスターか……」

僕は少し、思い当たることがある。

「皆さん、少し手伝ってもらいたいことが――」

僕は、村の皆さんを呼び集める。

「「「いくぞ。せーの！」」」

僕と村の冒険者さん達で、一斉に力を込めて貝をこじ開ける。

〝ギギギ……〟

重い音を立てて、ゆっくりと貝の口が開いていく。

「思ったより抵抗する力がすごいな……！　長くは持たない。マリエル、やってくれ！」

「オーケー！」

マリエルが異次元倉庫から岩を出して、貝に挟み込む。

「行きますニャ！」

キャト族さんが貝に突撃。開いた貝殻の隙間に飛び込み、中を探し回る。

「ありましたニャー！」

飛び出てきたキャト族さんは、両手で白く輝く巨大な球を持っていた。これは、真珠の一種である。

通常は貝の中で作られる宝石なのだが、貝モンスターの中でもまれに作られることがあると聞いた。

「見事な輝きだ……」

それに大きさが通常の真珠とは比べ物にならない。売ったら一体いくらになるのか、見当さえつかない。

特大真珠はマリエルにいったん預けておく。

最近は資金繰りもうまくいっているし、せっかくなので売らずに村の宝としてとっておこうと思う。村に美術館を建ててそこに展示するのもいいかもしれない。

「よし、次は釣り用の桟橋を作りましょう」

「おう！」

まずはナスターシャに湖底の岩をまとめてどかしてもらう。ドラゴン形態のナスターシャが尻尾で一薙ぎすると、あっという間に平らな地面ができた。

僕が近くの森から木材を切り出し、冒険者さんが材木に加工。そして地面に材木を突き立てていく。刻印魔法によって強化された村の皆さんは、あっという間に桟橋を組み上げていく。

こうしてたった数時間で、釣り用の桟橋が完成した。

長さはおよそ数十メートル。見晴らしも良くて釣りだけでなくて散歩にももってこいだ。せっかくなので、僕も毎朝のランニングコースに組み込もうと思う。
マリエルが湖に水を戻していく。
こうして、村にはまた一つ新しい設備が生まれたのだった。

○○○○○○○村の設備一覧○○○○○○○○

①村を囲う防壁
②全シーズン野菜が育つ広大な畑
③レインボードラゴンのレンガ焼き釜&一日一枚の鱗生産（一〇〇万ゴールド）
④図書館
⑤広場と公園
⑥華やかな植え込み
⑦釣り用桟橋［New!!］
○○○○○○○○○○○○○○○○○○○

◇◇◇

「ここは、どこだ……？」

メルキスの父ザッハークは、不思議な空間にいた。

室内とも野外ともはっきりしない場所。足元もどこかふわふわしていた。意識もなんだかぼんやりしている。

「ごきげんよう、ザッハークさん♥　突然ですが、こちらの男に見覚えはありませんかぁ!?」

どこからともなく現れて、ザッハークに甘ったるい声で話しかけてきたのは、王国憲兵団団長のジュリアンだ。手には、趣味兼仕事で使うピンクのムチを握っている。

そして、ジュリアンのとなりには縛り上げられた魔族の男が立っている。

「フフフ。実は我々魔族は、ザッハーク伯爵と手を組んで人類を滅ぼそうとしていたのですよ」

「まぁ！　ザッハークさんったら悪い人♥　お仕置きが必要ですわね♥」

ジュリアンが手にしたムチをスパァン！　とならせる。

「ち、違うのだ！　そいつが勝手にでっち上げているだけだ！　俺は魔族などと手を組んでいな――」

「ザッハーク伯爵は私とともに、メルキスの村に洗脳したレインボードラゴンや品種改良したコカトリスを差し向けました。いずれ人類の九〇％も共に滅ぼそう、と約束しました。フフフ。とんでもない悪党ですよ、ザッハーク伯爵は」

「き、貴様ぁ!!」

「あらヤダ、人類を滅ぼそうとするなんて重罪じゃないですかザッハーク伯爵♥　これはどんな罰を下しましょう、国王陛下？」

どこからともなく、豪奢な衣装に身を包んだ国王が姿を現す。

「決まっておるであろう！　処刑じゃ処刑！　誰か、処刑台を持ってまいれ！」

「その言葉、お待ちしていました！　さぁザッハーク伯爵！　スパーンと行きますよ！」

元気に返事をしたのは、処刑が大好きな王国憲兵団副団長のイリヤ。どこからか、うっきうきで処刑台を運んでくる。

「う、うわあああぁ！」

ザッハークは走って逃げだす。その前に、沢山の人影が立ちはだかる。メルキスの村の冒険者達だ。

「どけえええええぇ！」

ザッハークは剣を抜き、渾身の力で斬りかかる。しかし、冒険者は剣を笑いながら指でつまんで止める。

「馬鹿な……！」

ザッハークは愕然《がくぜん》とする。

「おっさん、オレと遊ぼうよー！」

今度は、メルキスの村にいた子供が剣でザッハークに斬りかかってくる。ザッハークは自分の剣で受け止めるが、衝撃で剣を落としそうになる。それほどの威力だった。

「おっさん、【剣聖】のギフトを持ってるくせに全然強くないな！　わかった、オレに合わせて手加減してくれてるんだろ？　優しいな！」

ザッハークは全力だった。それでも、メルキスの村の子供相手に防戦一方で手も足も出なかった。何度か斬り合った後、ザッハークは剣を叩き落とされる。

「この俺が、子供に負けた……!?」

心が折れて立ち上がれなくなったザッハークを、冒険者達が担いで、処刑台へと運ぶ。ザッハークはどうすることもできず、処刑台に拘束される。

「お久しぶりです、父上」

処刑台のザッハークの前に、いつの間にかメルキスが立っていた。

「貴様……一体何をしに……！」

「決まっているでしょう。父上を処刑しに来たのですよ」

そう言ってメルキスは残忍に笑う。

「よくも僕を辺境の村に追放して、村に植物魔法使いをはじめ、盗賊やドラゴン、品種改良コカトリスを送り込んでくれましたね。許しませんよ父上……！　僕のことを〝ハズレ才能《ギフト》持ち〟と呼んだ恨み、今ここで晴らさせてもらいます！」

メルキスは剣を抜く。

「うわあああああああああぁ!!」

そこで、ザッハークは目を覚ました。

「ハァ、ハァ……夢か……！」

ザッハークは自室のベッドの上にいた。汗で寝巻がぐっしょりと湿っている。

「俺は精神的に追い詰められているのか……！　最悪だ……！　なぜ俺がこんな目に遭わねばならんのだ……！」

窓の外を見ると、もう日が昇り始めている。悪夢の続きを見るのも嫌なので、ザッハークはいつもより早く寝室を出ることにした。

「おはようございますザッハーク伯爵。どうしました、顔色が優れませんよ？」

応接間では、いつものように魔族の男がザッハークが起きるのを待っていた。

「うるさい。これも全て、メルキスのせいだ。メルキスさえいなければ……！　メルキスさえいなければ……!!」

実際は、メルキスに頭を下げるのが嫌で、無理やり連れ戻そうと刺客を送り込んだ、ザッハークのせいである。さらにいえば、そもそもの原因は、『見た魔法を全てコピーできる』力を持つギフト【根源魔法】を頭ごなしに『ハズレギフト』と決めつけ、追放したことにある。

だが、ザッハークの頭には自分が悪いという考えは一切なかった。

「なんなのだ、あの村人達とメルキスの異常な戦闘力は……！　どうやったらあそこまで強力な剣技や魔法が使えるようになるのだ……」

コカトリスの群れを村に差し向けたときのことを、ザッハークは思い返していた。ドラゴンに匹敵する体格の超巨大コカトリスを、メルキスは剣一本で圧倒していた。

あの剣を自分に向けられたらと思うと、ザッハークはそれだけで震えあがる。

「コカトリスを差し向けたときに、俺は姿を見られた……！　メルキスは、同世代の中で頭一つ抜けて剣技ができたが、同じくらい頭がいい。これまで村に差し向けた刺客が俺によるものだともう気付いているに違いない……！　終わりだ、俺はもう終わりだ……！　今にメルキスがあの異常に強い村人を引き連れてここへやってくる……！」

ザッハークは頭を抱えて震えだす。

「フフフ。その心配はありませんよ、伯爵。あと数日で、我々の新しい戦力が用意できます」

「新しい戦力だと……？　馬鹿を言え。例の品種改良コカトリスでさえ、奴らには手も足も出なかったのだ！　今更貴様らが新しい戦力とやらを差し向けても、大して奴らにダメージを与えることなどできなかろう！」

「これまでは、奴らのことを〃たかが小さな田舎の村〃としてしか認識していなかったため、戦力を派遣させる許可が下りなかったのです。言ったでしょう、生き残りの魔族は私だけではないと。前回は私一人が持つ戦力の、それもほんの一部しか使うことができませんでした。しかし次は違う。この国の殲滅を担当する魔族全員が持つ力を、全て注ぐことができます」

魔族の男は、不敵に笑う。

「王都に真っ向から攻め入って、攻め落とすことができるだけのモンスターの群れを我々は有しています。本来であれば、来るべきタイミングで王都を落とすために使用する予定のモンスターですが、あの村の脅威は見逃せない。王都を先に落としたとしても、消耗したところをあの村の連中とメルキスに奪還される可能性があります。ならば、先にあの村を落とし、我々の戦力を増やした方が得策でしょう」

ザッハークは、魔族の男がうっかりこぼした『戦力を増やし』という言葉を聞き逃さなかった。

（メルキスの村の土地を手に入れることで、魔族は戦力を増幅することができるということか……？

あの土地に一体、何があるというのだ？　まぁ、俺には関係のない話だ。余計な詮索はしないさ）

「ここまで来たのだ、俺も出し惜しみなどしないさ。俺にもまだ一つだけ、奥の手がある。俺がコネクションを持っている幻の暗殺者集団に依頼を出して、魔族が操るモンスターの襲撃に合わせて暗殺させよう」

「素晴らしい！　ぜひとも我らの悲願を達成させましょう」

魔族の男が笑う。

一方で、ザッハークは、

（しかし、これまで俺達は何度も失敗している……ここで失敗すれば、今度こそ後がない……！）

という不安をぬぐえずにいた。

五章

全面対決、総力戦

SAIKYOGIFT DE
RYOCHI KEIEI SLOWLIFE

ある日の昼下がり。

僕は畑で、作物を魔法で成長させていた。

——そのときだった。

頭の中に、荘厳な女性の声が響く
『メルキス、聞こえますか。メルキス』

「あれ、ここは——？」

いつの間にか、僕は全く見知らぬ場所に立っていた。大理石で作られた白亜《はくあ》の神殿だ。

『メルキス。聞こえていますか、メルキス』

神殿の最奥に、それはいた。

黄金の輝きを放つその神々しい姿は、聖書の挿絵や教会のステンドグラスに描かれているものより、遥かに美しく、迫力がある。

「まさか、女神アルカディアス様……？」

アルカディアス様は、無言で頷いて肯定する。

『メルキス。今私は神界からあなたに思念を送っています。しかし、この方法であなたと話をできる時間はごくわずか。手短に伝えます。あなたの使命と、今この村に迫っている脅威について』

女神アルカディアス様の声が荘厳に響く。

『あなたに授けたギフト【根源魔法】。これは、【勇者】をも超える人類の切り札です』

女神アルカディアス様の口から、とんでもない事実が明かされる。

『【勇者】の才能《ギフト》では、人類を護ることはできません。そこで私は、改造を重ね【根源魔法】の才能《ギフト》を生み出し、適合者が生まれるのを、三〇〇年待っていました。今の人類で、【根源魔法】を持つ資格があるのは、その素質と清らかな心を持つあなたしかいません。メルキス、あなたは三〇〇年に一度の逸材であり、人類の最後の希望なのです。今はまだ、【根源魔法】の力を一〇％も引き出せていませんが、成長すれば勇者を遥かに超える力を持ちます』

「じゅ、一〇％未満ですか⁉　既にこんなに強力なのに⁉」

信じられない。

『【根源魔法】は、あなたが成長するとともに成長します。そして今、この村に〝魔族〟の脅威が迫っています』

「魔族が……？　そんな、魔族は三〇〇年前の大戦で、【勇者】のギフトを持つ人類の英雄が全て倒したはずでは……！」

『いいえ。三〇〇年前、【勇者】は確かに魔族を追い詰めましたが、あと一歩のところで敗北したのです。そして、生き残った魔族はひっそりと力をつけ、人類を殲滅する計画を進めています』

衝撃の事実だった。

三〇〇年前、【勇者】が魔族を絶滅させたというのは、子供の頃から何度も教えられてきた常識だった。それが今、覆されたのだ。

『【勇者】では魔族に勝てない。そう考えて、私は【勇者】を超えるギフトである【根源魔法】を生み出し、扱う資格のある者の誕生をずっと待っていました。メルキス、あなたが魔族を今度こそ倒すのです』

　僕が魔族を倒す……。

『この村の地下深くには、膨大な魔力が眠る〝龍脈〟が眠っています。魔族はそれを狙い、この村を襲ってきています。魔族が龍脈を使って何を企んでいるかは不明ですが、絶対に阻止しなければいけません』

「わかりました、人類のためにも、必ず魔族から村を守ってみせます」

　僕がそう言うと、女神アルカディアス様は安心したように微笑む。

『それから最後に。あなたは、父ザッハークについて大きな誤解をしています。あなたの父は――』

「はい、わかっています。父は、僕がハズレギフト持ちだから追放したのではないことくらい！」

『え？　いやちが――』

「父上は、僕の修行のために、そして魔族の狙いがこの村にあることを見抜いて僕をこの村に送り込んだのですよね！」

『だからちが――』

「父上は、ずっと前から魔族の企みも見抜いていたのですね。そして、僕をこの村に送り込むことで、僕の修行と魔族の企みの阻止、この二つを同時に行う。流石です、父上！　以前からすごいことは知っていましたが、こんなにすごかったなんて！」

『メルキス、私の話を聞――ああ、もう時間がなくなっちゃったじゃない！』

　そこで、女神アルカディアス様の体と神殿が透き通っていって、消滅する。女神アルカディアス様との会話時間が切れたらしい。

　僕は、村の元いた場所に立っていた。

　マタタビ畑では、キャット族の皆さんがくつろいでいる。村はさっきと何も変わらず、平和そのものだ。

　しかし、今の僕にはわかる。かつてないほどの脅威が、今まさに村に迫っている気配がある。

「敵襲です！　全員戦闘準備をして、正門に集まってください！」

　僕は抜剣して走り出す。

「俺には何の気配も感じられねぇけど——領主サマが言うなら間違いねぇぜ！」

「今日こそ沢山活躍して、領主様の負担を減らすぞー！」

「わ、ワタシもドラゴン形態に戻って、できる限りお手伝いしますぅ」

　正門にたどり着くと、まさにモンスターが村に攻め込んでくるところだった。スライムとゴブリンの大群が、地面を埋め尽くしている。数百、いや数千はいるだろう。

「なんだこの数は……!?」

　しかも、後続が森の奥からドンドン出てくる。モンスターの群れの終わりが見えないほどだ。見えているのは小型モンスターばかりだが、奥にはどんなモンスターが潜んでいるかわからない。

「これは、全力を出さないといけないですね！」

　僕の前に、魔法陣が出現。そして、熱風とともに眩い火球が出てくる。

「発動、〝ファイアーボール〟！」

〝ズッッッドオオォォン――――ッ!!〟

火球がモンスターの群れの中心に着弾。一〇〇近いモンスターを巻き込んで爆発し、跡形もなく消し飛ばす。

こうして、これまでで最大の戦いが始まった。

「行くぜぇ、覚悟しな雑魚モンスター共！」

タイムロットさんが、先陣を切ってモンスターの群れに突っ込んでいく。超音速で斧を振り回し、小型モンスターを切り刻んでいく。

「俺達も続くぜ！」

村の冒険者さん達も、タイムロットさんに続いて突撃していく。超音速の剣がモンスター達を瞬く間に両断していく。

モンスター達が反撃しようとするが、音速近い速度で戦場を駆け回る冒険者さん達を捉えられない。普通の人が見たら、モンスター達が勝手にバラバラになっていくようにしか見えないだろう。

群れの奥から、ミノタウロスまで姿を現した。だが、村人の皆さんは問題なく蹴散らしていく。

僕も、〝ファイアーボール〟を連射し、モンスターを一〇〇体単位で潰していく。

「このまま、何事も起きなければ勝てるけど……」

そのときだった。一人の村人さんが慌てて走ってくる。

「大変だ、裏門にもモンスターの群れが攻めてきてるぞー！　こっちより規模は小さいが、このままじゃ村の中にまで攻め込まれちまう！」

「なんですって!?　……冒険者の皆さんは、裏門へ向かってください！　表門は僕が抑えます！」

「しかし、それでは領主サマが一人で戦うことに……。わかりやした！　領主サマなら大丈夫だと思いますが、万が一ピンチになったときには、いつでも呼んでくだせぇ！　この命を燃やし尽くしても、領主サマのお役に立ちやす！」

冒険者の皆さんが、裏門の方へ駆けだす。

こんなに村の危機が迫っているのに、僕の心配をしてくれる。……僕は本当に、いい領民を持った。

僕は、一人でモンスターの群れに〝ファイアーボール〟を連射し続ける。

「さっきから、一〇〇〇体以上倒しているっていうのにまだ終わりが見えない……！　一体どれだけ大規模なモンスターの群れなんだ！」

そのときだった。

〝ズドオオォン!!〟

村の防壁に、一箇所巨大な穴が開いていた。ミノタウロスの群れが、斧で村の防壁を壊したのだ。

「まさか、あの壁を突破するなんて……！　流石に三箇所同時には抑えられないぞ」

「わ、ワタシに任せてください！」

モンスターを吹き飛ばすほどの暴風が戦場に吹き荒れる。ドラゴン形態に戻ったナスターシャが、羽ばたいて飛び上がった。

地響きとともにナスターシャが地上に降り立つ。そして、壁に開いた穴を塞ぐように立ちはだかる。

「めめめメルキス村の一員として、ここは一歩もととと通しません！」

気弱なナスターシャが、勇気をふり絞って啖呵を切る。

森の奥から、まだモンスターの群れが現れる。モンスターの群れがナスターシャに突っ込んでいく。

「ごめんなさいごめんなさい！　調子に乗ったことを言ってごめんなさい！」

ナスターシャが丸くなって完全防御姿勢をとる。

「ひぃぃぃぃモンスター怖いですぅ！　……で、でも！　ここは通しません！」

ガタガタ震えているが、ナスターシャは逃げようとしない。ドラゴン形態のナスターシャに向かって、スライムが体当たりし、ミノタウロスが斧を振り下ろす。だが、その程度ではレインボードラゴンであるナスターシャの鱗に傷一つ付けることはできない。

「……きゅう」

恐怖で気絶してしまったが、丸まったナスターシャがそこにいるだけで壁の穴は十分塞げる。

「ありがとうナスターシャ。その努力、絶対に無駄にしない！」

ナスターシャのおかげで、目の前のモンスター達に集中できる。

「〝ファイアーボール〟！　〝ファイアーボール〟！」

僕の放つ〝ファイアーボール〟は下級魔法だが、【根源魔法】の力によって上級魔法以上の威力になっている。一撃で一〇〇体近い小型モンスターが消し飛ぶ。

しかも消費魔力は下級魔法のままなので、連射も可能だ。僕は〝ファイアーボール〟を連射して、モンスターの数をガンガン減らしていく。

——一時間後。

ついに、モンスターの群れが一体も残らず消え去った。

「これで一段落か……」

僕が気を緩めたそのとき、視界の端で何かが動いた。考えるより先に、直感的に剣で首筋をガードする。

〝キイイィン！〟

甲高い音を立てて、僕の剣が敵の刃を防ぐ。ガードしなければ、僕は首を落とされていたかもしれない。

「……お見事。まさか、これほど疲弊した状態で我が刃を防いでみせるとは」

僕の首筋を狙っていたのは、黒ずくめの衣装に身を包んだ女の子。年はおそらく僕と同じくらいだろう。かなり細身で、動きが身軽だ。

この国では見ない、独特の衣装を身に纏っている。握っているのも〝クナイ〟と呼ばれる変わった形の両刃ナイフだ。

独特の文化の暗殺者。僕はその正体に心当たりがあった。

「父上から昔、存在を聞いたことがある。極東の大陸から来たという暗殺者〝シノビ〟か……！」

「左様。メルキス・ロードベルグ殿。先ほどから戦いは拝見していました。モンスター一〇〇体をまとめて消し飛ばす魔法を連発するその火力。先ほどの私の必殺の一撃を防いだ身のこなし。そして、廃村寸前だったこの村を王都中心部以上に発展させたその手腕と、村人からの人望の厚さ。お見事という他ありません。……しかし、申し訳ございませんがその命頂戴いたします」

「君に依頼をしたのは、僕の父上か？」

「シノビは依頼人を決して明かしません。その問いにはお答えできかねます」

そう静かに告げて、シノビが刃を構える。

答えられなくても、僕は確信している。暗殺の依頼人は父上だ。

きっとこれも、父上の試練なのだろう。確かにロードベルグ伯爵家にいたときには、暗殺者相手の戦闘の訓練などしたことがなかった。未知の相手との実戦で経験を積み、成長してみせろということなのだろう。

同時に、『ここでくたばるようではロードベルグ伯爵家の一員として相応しくない』というメッセージでもあると思う。ロードベルグ伯爵家を追放されないためにも、なんとしても勝って生き残らなくては。

「では……お覚悟！」

刃を構え、シノビが突撃してきた。

疾風のような速度で、シノビが斬撃を繰り出してくる。常人では、見ることさえできない超高速の刃。しかし、〝フォースブースト〟で身体能力が向上している僕の目は、はっきりとその軌跡を捉えている。

僕の宝剣が、クナイの斬撃を受け止める。甲高い音を響かせ、幾度も刃が交錯する。

斬り結ぶ中で、僕は何か違和感を覚える。……さっきまでシノビが腰に差していたクナイが一本なくなっている。見上げると、クナイがまさに僕の首筋めがけて落下してくるところだった。飛来するクナイを剣で弾く。

「……お見事。まさか、今の死角からの時間差攻撃も防ぐとは。本当に、貴殿は底がしれない」

最初の不意打ちの一撃は正直危なかった。だが、真正面からの戦いであれば、押し勝てる。僕がそう確信したときだった。

「――仕方ありません。奥の手を使いましょう」

さっきまでとは、どこか雰囲気が違う。シノビの瞳には、覚悟があった。

「私は、ハズレ才能《ギフト》持ちです。シノビの里で一番の成績を修め、神童と呼ばれていた私は一転、役立たずと罵られることとなりました」

「それは――」

それは、僕と似た境遇だった。

「しかし、私の才能《ギフト》には、一つだけ優れた点があります。それは、発動すれば確実に相手を葬れるということ。――自らの命と引き換えに」

「自分の命と引き換え、だって？　まさか……」

「その通り。里にとっては、私の命など、任務一つの成功報酬より安いのです。『命を捨て任務を果たす』。これが、シノビの里に生まれたハズレギフト持ちの運命なのです」

淡々と、しかしどこか寂しげに女シノビは告げる。女シノビの顔に、一瞬だけ悲しげな表情が浮かんだのを僕は確かに見た。

「任務を放棄することはできないのか？　任務のために自分の命を投げ出すなんて、間違って――」

「残念ながら、それはできません」

シノビが自分の手の甲を見せる。そこには、刻印が刻まれていた。

「それは、刻印魔法！」

「ご存じでしたか。この刻印を刻まれた者は能力が向上する代わりに、刻印を刻んだ魔法の使い手の命令に逆らえなくなるのです。私は、命に代えても貴殿を殺すよう命令されています」

刻印が輝きだす。命令を実行させる強制力が働いているのだろう。

「メルキス殿、お覚悟！　ギフト発動、【毒の化身】!!」

シノビの体から、紫の煙が広がる。触れるまでもなくわかる、あれは、猛毒だ！

「〝ソイルウォール〟！」

僕は、自分を囲むように土の壁を出現させ、毒煙から身を守る。それでも、ほんの一瞬遅かった。

毒煙を少し吸い込んでしまった。

それだけで、急激に意識が遠くなる。急いで状態異常回復魔法を発動する。

「聖属性魔法〝ホーリー〟！」

少し楽になるが、まだ苦しい。凄まじい吐き気とめまいが襲ってくる。

「〝ホーリー〟！　〝ホーリー〟！」

三度回復魔法を使って、やっと呼吸が楽になる。

少し吸っただけでこの威力。凄まじい猛毒だ。

壁を消すと、毒煙はなくなっていた。

そして、シノビも自身の毒で倒れていた。呼吸で肩が動いているのでまだ生きているとわかる。だけど、あと一〇秒も経たずに力尽きるはずだ。

——助ける道理は、ないだろう。

相手は僕を殺しに来た相手だ。普通に考えれば、助ける必要などない。むしろそのまま死んでくれた方が安心だろう。生きていればまた僕を殺しに来るかもしれないのだから。

「——だけど」

彼女は、ハズレギフト持ちなので、里から使い捨てにされたという。それは、実家を追放されたときの僕と同じではないか。

僕の追放は、実は試練だった。だがそのことに気付くまでの、あの絶望。優しかった父上が急に冷たくなったときのあの寂しさ。価値がないと言われ、生まれ育った家を追い出されたときのあの悔しさ。それを僕は知っている。

あんな感情を抱えたまま、人が死んでいいはずがない。

「死なせない……！」

毒の霧はもう晴れている。僕は女シノビに駆け寄る。既に虫の息だが、まだ助かるはずだ！

「聖属性魔法〝ホーリー〟！」

僕よりもずっと大量の毒を浴びた女シノビは、息を吹き返さない。聖属性魔法をかけても、毒が強すぎて効き目が薄いのだ。

それでも、微かに手応えはある。

「このまま。このまま聖属性魔法をかけ続ければ……！」

〝ズシン〟

そのとき、村を囲む森の奥から重い音が響く。樹々の闇から、新たなモンスターが現れた。

「あれは、なんだ……？」

――王冠を被った、黒いミノタウロス。

大きさは普通のミノタウロスとさほど変わりはないが、圧力が桁違いだ。口から熱い吐息が蒸気となって漏れ出ている。

「あんなモンスターが、存在していいのか……？」

あのモンスター一体で、王国騎士団を壊滅させるだけの力を持っていることを僕は確信した。あのモンスターは、絶対にここで倒さなくてはならない。

『ブモオオオオオオオオォ!!』

鼓膜が潰れそうな咆哮を上げて、王冠を被ったミノタウロスが突撃してくる。

「発動、〝ファイアーボール〟！」

火球がミノタウロスの顔に直撃する。だが、

「嘘だろ、無傷!?」

王冠を被ったミノタウロスは、突撃の勢いを落とすことさえしなかった。時間稼ぎくらいにはなると思ったのだが、これは完全に予想外だった。

ミノタウロスが、禍々しい黒色の大斧を振りかぶる。

問題ない。斧の軌道というのは単純だ。振り下ろしをかわしてカウンターを入れられる。

そう確信していたのだが――

『ブモオォ!!』

ミノタウロスはなんと、僕ではなく倒れている女シノビに向かって斧を振り下ろした。完全に想定外の攻撃に、僕の反応が一瞬遅れる。

〝ギイイイィン!〟

僕は女シノビをかばって剣でその一撃を受け止める。だが――

「重い! なんて腕力だ!」

通常種のミノタウロスとは比べものにならないパワーだ。とっさのことだったので剣で上手く受け流せず、僕は吹き飛ばされる。

「がはっ……!」

衝撃で、体へ十分に力が入らない。なんとか体勢を立て直そうとしているところへ、ミノタウロスがまた黒い斧を振り下ろして追撃してくる。

「ぐっ――」

〝ギィン! ギィン!〟

僕はなんとか、王冠を被ったミノタウロスが繰り出す超重量級の攻撃をいなし続ける。普段なら、戦って負ける相手ではない。

だが今は、連戦で魔力が減っている上に、シノビをかばって受けたダメージで力が入らない。そしてミノタウロスの攻撃をいなしているうちに、腕へのダメージも蓄積されてきた。

しかも、こうしているうちに女シノビはどんどん毒で死に近付いていく。もう時間がない。

「このままだと、負ける……!!」

◇◇◇

メルキスと王冠を被ったミノタウロスの戦いを、遠くから見守る影があった。

メルキスの父親ザッハークと、魔族の男だった。

「フフフ。我らの最高傑作〝キングミノタウロス〟は、耐久性・パワー・スピードの全てが通常種を遥かに超える。流石のメルキスも、手が出ないようですね」

「最初に小型モンスターの群れで消耗させたのも効いているのだろう。くく、いい気味だ。いいぞミノタウロス、そのままメルキスを切り刻め!」

「王都を落とすための戦力、小型モンスター一万とミノタウロス一〇〇体が消えてしまいました。これは痛い。フフフ、ですがあれだけの戦闘力を誇るメルキスを潰せたのなら、安いものでしょう」

「ようやくメルキスを叩き潰せる。ハハハ! ハッハハッハ! くたばれぇ、メルキス!!!」

勝利を確信したザッハークの叫びが森に響く。

「ザッハーク伯爵。あまり大きい声を出すと、メルキスに聞こえてしまうかもしれませんよ」

「構うものか、奴はもう虫の息。聞こえたところでどうにもなるまい」

二人は、完全に勝利を確信していた。しかし……。

◇◇◇

僕とミノタウロスの死闘は続いている。なんとか攻撃をいなし続けているが、流石に限界が近い。押し切られそうだ。

「ここまでなのか……!?」

僕が諦めかけた、そのときだった。

『メルキス!!』

どこか遠くから、はっきりと父上の声が聞こえた。

「……そうだ。遠い実家から父上が見守ってくれているんだ！　こんなところで諦めるわけにはいかない！」

たとえ距離が離れていても、父上が僕を応援してくれる気持ちだけははっきりと伝わる。僕は、父上に最初に教わった家訓を思い出す。

――ロードベルグ伯爵家の教え其の一。『どんな逆境でも、絶対に。絶対に諦めるな』。

「僕は諦めない。ロードベルグ伯爵家の一員として！　絶対に！　絶対に諦めない！」

心が奮い立ち、体から力が湧いてくる。そのときだった。頭の中に声が響く。

『使い手の精神的成長により、【根源魔法】が進化しました。新たな能力が覚醒します』

【根源魔法】
・見た魔法を完全な状態で扱うことができる
・二つの魔法を融合させ、新しい魔法を生み出す［New!!］
「女神アルカディアス様が言っていた、根源魔法の更なる力というのはこのことか……！」

新しく得た『二つの魔法を融合させ、新しい魔法を生み出す』という力。一か八か、この力に懸けるしかない。

……考えろ僕。どの魔法を組み合わせれば、この局面を打破できるか。

ミノタウロスの攻撃を受け流しながら、僕は思考をフル回転させる。どんなピンチでも、冷静に頭を働かせ続ける力は、ロードベルグ伯爵家で身に付けた。

僕が今使える魔法はこれだ。
・火属性魔法〝ファイアーボール〟
・聖属性魔法〝ホーリー〟
・身体能力強化魔法〝フォースブースト〟
・回復魔法〝ローヒール〟
・地属性魔法〝ソイルウォール〟
・植物魔法〝グローアップ〟
・永続バフ魔法〝刻印魔法〟（ギフト）
「この状況を打破できる魔法の組み合わせは……！」

集中力が高まり、世界の時間の流れがスローに感じられる。

――――

――――

――――

――これだ！

「――僕は、『魔法融合』を発動。地属性魔法〝ソイルウォール〟と火属性魔法〝ファイアーボール〟を融合する！」

二種類の魔法陣が出現。そして、魔力の火花を散らしながら溶け合っていく。異なる属性の二つの魔法が、互いを高め合いながら一つに融合する。

「発動、複合魔法〝灼熱と大地の天変〟！」

ミノタウロスの足元が赤く輝いた。そして、灼熱の溶岩が爆発したように噴き上がる！

夜の闇をかき消す赤黒い奔流《ほんりゅう》。

『ブモオオオオオオオオォ!?』

溶岩流の中でミノタウロスが絶叫する。融合した魔法は、単体の魔法と魔力消費は変わらないが威力は桁違いに増している。

火属性魔法の熱と土属性の岩を融合させることで、大量の溶岩を発生させる。それが〝灼熱と大地の天変〟だ。

魔法の効果が終了し、溶岩流が消える。

ミノタウロスは、大ダメージを受けたようだがまだ立っている。

――だがもう既に、ミノタウロスを仕留めるための次の魔法は完成していた。

「植物魔法〝ソイルウォール〟と治癒魔法〝ローヒール〟を融合。発動、複合魔法〝暴食と治癒の一輪花〟」

今度はミノタウロスの足元から、緑の極太のツタが何本も伸びる。そして、ミノタウロスの体を拘束する。

『ブモオオオオォ！』

ミノタウロスが咆哮しながら暴れるが、ツタは引きちぎれない。

そして、地面が割れる。そこから巨大な食虫植物の顎が出現し、ミノタウロスの体を丸ごと挟む。

抵抗するミノタウロスの体を、食虫植物の顎が噛み砕いて飲み込んでいく。溶解液まみれになった斧だけが吐き出されて地面に転がった。

シノビのすぐ横の地面から、一本の茎が生える。喰らったミノタウロスの生命エネルギーが、ツタに集まっていく。

――そして、ツタの先端で燃えるような赤い一輪の花が咲いた。

花びらから、吸収した生命エネルギーが入った雫がこぼれる。太陽よりもまぶしい輝きを放つ雫が、シノビの口へと落ちていく。生命エネルギーが女シノビの体をめぐる。桁外れの癒しの力が猛毒のダメージを打ち消し、体を癒していく。

――光が収まったとき、シノビは息を吹き返していた。

「良かった、助けられた……!!」

僕は安堵のため息とともに拳を握り締める。

「領主サマー！　こっちの小型モンスター共は片付きやした！　領主サマはご無事ですか!?」

こうして、村を襲った最大の脅威を退けることができたのだった。

◇◇◇

「……ここは、一体……？」

シノビが目を覚ましたのは、丸一日経ってからだった。村には余っている家がないので、僕の屋敷で寝かせておいた。その間、僕は寝ずに介抱していた。

「私は生きている、のですか……？」

「そうだよ！　メルキスが助けてくれたんだよ」

僕と一緒に介抱していたマリエルが、元気いっぱいに割って入ってくる。

僕は、昨日は暗くてよく見えなかったシノビの顔を見る。

白い肌と切れ長の瞳。この大陸では珍しい黒髪は、丁寧に目の上で切りそろえられている。

「メルキス殿。なぜ、あなたを殺そうとした私を助けたのですか？」

「――ハズレギフトだったとしても、人の価値は、それまで生きてきた意味はなくなったりしない。

僕はそれを伝えたかったんだ」

そしてこれは、父上から僕へのメッセージでもある。父上は、シノビの里の事情を知った上で、僕にシノビを差し向けてきたはずだ。

そして、僕にこう問いかけたのだろう。『お前もシノビの里の人間と同じように、ハズレギフトの人間は生きる価値がないと思うか？』と。

当然、僕の答えは『そんなことはない』だ。これこそ、父上が僕から引き出したかった答えだ。

逆に言えば、どんなに優れたギフトを持っても、人の価値が高くなるわけではない。所詮人間は人間、他の誰とも同じ、平等な存在だ。

『【根源魔法】が超強力なギフトだと判明しても、つけあがって人を見下すな』。父上はきっとこうも言いたかったのだろう。僕は父上からのメッセージを胸に刻む。

「ハズレギフトでも人の価値はなくならない、ですか。今の私には、とてもありがたいお言葉です……」

そう言って、シノビは微笑んだ。

「私は仕えるべき相手を間違えていたようです。私は、あなたのような人に仕えたかった。ですが、この刻印がある限り、それはできません。私は、あなたを殺さなくてはならないのです」

シノビの手の甲の刻印が発光する。きっとまた、『命に代えてもメルキスを殺せ』という命令を強制的に実行させる力が働いているのだろう。

「提案なんだけど、僕の〝刻印魔法〟を受け入れる気はないか？　僕の〝刻印魔法〟で、シノビの里で刻まれた刻印を上書きできれば、君は自由になれる。そんなことが可能かどうかは、やってみないとわからないけど……」

「本当ですか!?　是非、お願いいたします」

迷いなく、シノビは即答した。

「〝刻印魔法〟、発動……！」

シノビの刻印に異変が起きる。元々あった刻印が薄れていき、消滅する。代わりに、光輝く僕の刻印が出現した。

「ありがとうございます、メルキス殿。これより私はあなたに仕えます。この命、ご自由にお使いください」

「仕える必要なんてない。この村で、一人の自由な村人として暮らしたらいいよ」

「いえ、それはできません。シノビとして育てられた私は、主君に仕える以外の生き方を知りません。それに私の命を、絶望の底にあった心を救っていただいた大恩《だいおん》を少しでも返させてください」

「……わかった。それじゃあ今日からよろしく頼むよ」

「承知いたしました。どんな命令でもお申し付けください」

仕えてもらうつもりは全然なかったのだけれども、それ以外の生き方を知らないというならば今はそれでいいだろう。

この村で暮らすうちに、きっと誰かに仕える以外の生き方を知ることができるだろう。そのときは、主従関係を解消して自由になってもらうことにしよう。

六章

極東文化の輸入と更なる村の発展

SAIKYOGIFT DE
RYOCHI KEIEI SLOWLIFE

「我が名は　カエデ・モチヅキ。極東の大陸から一族ごとこの大陸へと流れ着きました。今日から主殿の影として力になりまする」

カエデが一瞬でベッドから抜け出して僕の前にひざまずく。

こうして、また一人、村に住人が増えた。


新しい村の住人として、早速カエデを村人に紹介する。

「我が特技は暗殺と諜報活動。この力、必ずやこの村の役に立てて御覧に入れましょう」

「おう、よろしくなお嬢ちゃん。……しかし、暗殺とか諜報とかそんな物騒な技術、この平和な村で役に立つのか？」

と、疑問の声を上げるのはタイムロットさんだ。

「大丈夫です。そこについては考えがあります。とりあえず、今日のモンスター狩りにカエデを同行させてみてください」


――半日後。

「領主サマ！　このお嬢ちゃんの技術、めちゃくちゃ役に立ちますぜ!!」

モンスターの素材を台車いっぱいに載せて、タイムロットさん率いる村の冒険者達が帰ってきた。

「すげぇ速さでスパパー！　って樹の間を飛び回って、モンスターの群れのいるところをすぐ見つけて知らせてくれたんだ。助かったぜ。戦闘でも、モンスターのボスを暗殺して連携を潰してくれたおかげで楽に倒せたしな」

「この程度、お安い御用です」

カエデが得意げに言う。

「流石領主サマを暗殺しようとしただけあって、いい腕してるぜ。ガッハッハ！」

「その……主殿を暗殺しようとしたことは忘れていただきたく……！」

どうやらカエデも無事に村人に馴染めそうだ。

カエデのおかげでモンスター狩りの効率も大きく上がって、モンスターの素材が多く手に入り、村もより安全になった。

そして集めた素材はキャト族の皆さんに売りに行ってもらい、村の大きな収入になっている。

——そして、さらにその翌日の朝。

「さて、今日も日課のランニングに……」

「おはようございます。主殿。いい朝ですね」

玄関を開けると、ひざまずいた姿勢でカエデが待っていた。

そこで僕はふと、大事なことを忘れていたと気付く。

「カエデ、昨日はどこに泊まっていたんだ？」

キャト族の皆さんが村に住むことになったときは新しく家を建てたが、今回は建てるのを忘れていた。何という失態だ。

「当然、主殿の寝室の屋根裏です」

「へ？」

「主に使えるシノビとして当然、主殿がお休み中の間は見守っておりました」

「……屋根裏から気配がして『野良猫が迷い込んできたのかな？』とか思っていたけど、まさかカエデだったとは……！」

「おお、流石主殿。完全に気配を消していたつもりだったのですが、気付いておられましたか」

そこで、僕には別の疑問が湧いてくる。

「だったら、カエデはいつ寝てるんだ？　昼はタイムロットさん達とモンスター狩りに行ってくれているし」

「その点はご心配なく。訓練したシノビは、一日五分寝れば十分なのです」

シノビすごいな。

そのとき、勢いよくマリエルが玄関のドアを開けて飛び出してきた。

「ちょっと、昨日の夜ずっと屋根裏にいたって本当なの⁉」

「はい」

「じゃあ、もしかしてアレも見て……！」

「アレとはどれのことですか？　主殿に害をなすことではないので見逃しましたが、マリエル殿が寝ている主殿と手を恋人繋ぎして、にへらと笑っていたことですか？　それとも、主殿の胸板に頬ずりしていたことですか？　それか、主殿の耳元で何ごとかささやいた後、頬にキ――」

「わあああぁ！」

顔を真っ赤にしたマリエルが手をバタバタ振り回して続きを遮る。マリエル、一体僕に何をしたんだ？

「どうかしましたかマリエル殿？　他にも寝ている主殿の……」

「口封じー！」

マリエルが異空間からフライパンを取り出して、カエデの頭に振り下ろす。

「おっと」

カエデは悠々とフライパンを回避する。恐らくカエデは、僕を除けば村の中で一番俊敏だ。なんと、あのキャト族よりも足が速いのだ。戦闘訓練をしたことがないマリエルでは、攻撃が当てられるはずがない。

「国家機密の漏洩禁止ー！　ここで成敗してくれる！」

フライパンをぶんぶん振り回しながらマリエルがカエデを追いかけていく。カエデはそれをひらりひらりと回避していく。

「――捕まえた！」

フライパンがカエデの頭に直撃する。

が、いつの間にかカエデはカエデの上着だけ被った丸太に入れ替わっていた。本物のカエデはマリエルの後ろに立っている。

「忍法、空蝉《うつせみ》の術。敵の攻撃を身代わりに受けさせる技です」

シノビすごいな。

わざわざ忍法を使わなくても楽にかわせたはずなのに、忍法を使ったあたり、カエデもきっと遊んでいるのだろう。マリエルも本気で殺しにかかっているわけでもないはずだ。……多分。

ほほえましい(?)光景を見届けたあと、僕は日課のランニングに向かうのだった。

◇◇◇

「おはようございます主殿！　ご覧ください！　夜闇に紛れて主殿を暗殺しようとした不逞者達《ふていしゃ》を捕らえました！」

ある朝。

いつものように日課のランニングに出かけようとしたところ、玄関前でひざまずいた姿勢のカエデが待っていた。後ろには、縄でがんじがらめにされた人達が転がっている。全身を包む黒装束と、手の甲の紋章。どう見ても、カエデと同じシノビの里の暗殺者だ。

それが、なんと数十人。小さな村丸ごと一つ分の人間が、捕まって転がっている。すごい光景だ。

「すごい数だな。全部カエデ一人で捕まえたのか？」

「はい。毒に冒されていたところを主殿に救っていただいたおかげで、私は自分の毒に耐性がつきデメリットなく【毒の化身】を使えるようになりました。そして訓練により、毒の種類を変える術《すべ》も身に付けたのです。この力と主殿に頂いた【刻印魔法】による身体能力強化があれば、里のシノビなど恐れるに足りません」

カエデはまるでネズミを捕ってきたネコのように得意げである。

「どういうことだ……カエデ貴様、里を裏切ったのか」

一人のシノビが声を上げる。

「裏切ったのではありません。真の主を見つけたのです。メルキス殿は、シノビの里の長《おさ》のようにギフトで人の価値を決めたり、無理やり部下に命を捨てさせるようなことをしたりはしません」

「なんだって!? そんな素晴らしい方なら、俺も仕えたいぞ！ 俺も里の長に〝刻印魔法〟の力で無理やり暗殺を命じられただけなんだ！ あなたに仕えさせてくれ！」

「俺もだ！ 俺だって殺しは好きじゃないんだ、里の長の【刻印魔法】さえなければこんな任務引き受けなかったさ！」

「私もよ！」

そのとき、捕まっているシノビ達の手の甲の紋章が光り出す。

「ぐぅ……！ 殺さなくては、メルキスを殺さなくては……!!」

縛られたまま、シノビ達が体をジタバタさせる。【刻印魔法】の支配力が働いているのだろう。すごく苦しそうだ。

「すぐに刻印を上書きします！ 【刻印魔法】発動！」

シノビさん達の手の甲の紋章が、ロードベルグ伯爵家の家紋で上書きされる。

「私、殺しの任務はもうしたくなかったんです……！ 良かった、解放された……」

「良かった。ハズレギフトの俺でも、生きていていいんだ！」

シノビさん達は、憑きものが落ちたように晴れやかな表情をしていた。

「シノビの里の長は才能《ギフト》で人を判断し、地位と【刻印魔法】で人を無理やり従わせる最低の男でしたが、里の住人は穏やかな性格の者が多いのです。意外かもしれませんが」

と、カエデが説明してくれた。

「シノビの里の者は全員訓練を受けているので、隠密活動や諜報が得意です。神童と呼ばれていた私の足元にも及びませんが。もちろん、暗殺が得意な者もいますよ」

「うーん、あんまりそういう物騒なことを頼むことはないかなぁ。モンスターの索敵はカエデ一人で事足りてるし……」

「それから、この者達は料理も上手ですよ？」

「そうなのか？」

シノビ達が揃って頷く。

「左様。我らは陰に隠れる暗殺一族。しかしそれゆえに、暗殺の仕事もなかなか来ないのです」

そりゃ〝あなたの気に入らない人、暗殺します！〟なんて広告を出すわけにもいかないからな。

「そこで、副業として料理の腕を磨き、我らが生まれ育った極東の大陸の伝統料理を振る舞う料理人としても働いているのです」

「なるほど、異国文化を味わわせてくれるのか！」

聞いたことがある。貴族の中でも一部の上流階級では、極東から流れ着いた料理人を雇うのが流行っていると。

「私も食べたことあるよ、極東料理！　この国の料理とは違う、あっさりした風味のメニューが多いよね。たまに無性に食べたくなるんだ！」

と、いつの間にか後ろにいたマリエルが顔を出す。

「そしてシノビの里では料理に凝るのが流行っておりまして。……というか実は最近料理の道が楽しく、暗殺の仕事をしている場合ではなくて」

一人のシノビさんが少し恥ずかしそうにそう言った。

「本末転倒じゃないか。いいことだけど」

「里の長には無理やり暗殺の仕事をさせられていましたが、正直したくなかったというのが本音でございます。人なんて殺しても楽しくないですからねぇ……」

話に聞いていたシノビは、冷酷無比で、人間らしい感情を持たず、ただ淡々と任務をこなすという存在だった。しかし実際に会うと、思っていたよりとても人間らしい。

「早速、我らが祖国、極東料理を振る舞いましょう。と、言いたいところなのですが……」

「どうしました？」

「実は、極東の国の料理を振る舞うための食材が足りませぬ。極東大陸の野菜や穀物のほとんどが、この大陸の土地では育たず……」

シノビの皆さんは、とても悔しそうだ。

「上流貴族や王族相手に振る舞っていた極東料理も、実はこの大陸の材料で何とか味を近付けただけの、ニセ極東料理でございます。とても本物の極東料理には及ばず……」

「え、そうだったの!?　アレずっと美味しいと思って食べてたのに！」

マリエルはショックを受けている。

「ああ、極東大陸にいたときの食事が恋しい……！」

「米と味噌汁と焼き魚の朝食が食べたい」

「パンしか主食がないのは辛すぎる」

「あのロクデナシ里の長さえいなければ、とっくに極東大陸へ帰っていたのに」

シノビの皆さんが次々と極東料理への思いを口にする。シノビの皆さんはとても忍耐強いと聞いていたが、慣れ親しんだ味が食べられないことについては耐えられないようだ。

「そうだ、主人殿の魔法で極東大陸の食材を育てられませぬか？」

そう提案したのはカエデ。

「できるよ。種さえあればだけど」

「「「本当ですか!?」」」

シノビの皆さんが一斉に顔を上げる。

一人のシノビさんが、木材の箱を差し出す。

「ここに、食材を含めた、極東大陸の植物の種が入っております。極東大陸を旅立つ際、新天地で故郷の街並みや食事の味を再現するべく持ち出したものですが、この大陸ではどれも育たなかったため実現せず……。主殿、我らが命の次に大事にしているこの種を託します」

こうして、村で極東大陸の料理と街並みを再現するプロジェクトがスタートしたのだった。

——一週間後。村の風景はまた大きく変わった。

シノビの皆さんが住むエリアは、極東の街並みを再現しており、木造の屋敷がずらっと並んでいる。夜になると等間隔で並んだ極東大陸式の街灯に火を灯し、それが幻想的に通りを照らしだすのだ。それがなんとも異国情緒にあふれていて、僕はとても気に入っている。

土地を新しく開拓し、極東大陸風の公園も作った。大きな池を中心に、石製の〝燈籠《とうろう》〟と呼ばれる背の低い街灯や〝松〟という針葉樹を配置した。

公園の端の方には、〝竹〟という緑色の細い樹のような不思議な植物の群生する林があり、その中を散歩できる道も作った。

「これは我らの国の、神の住まう世界と人の世界を区切るための門……なのですが、ここには神はいないので、単なる故郷を思い出すための模造品です」

そう言ってシノビさんが紹介するのは、〝鳥居〟という朱色に塗られた門だ。これが、竹林の中にずらっと並んでいる。模造品とはいえ、非常に雰囲気がある。夕暮れ時にこの辺りを歩くと、別世界に来たような気分になる。

公園の一番大きな通りには、〝桜〟という樹を等間隔に植えて、腰掛けと机も用意した。春になるとピンクのとても美しい花が咲き誇り、その下で宴を開くのが伝統らしい。今から楽しみだ。

「そして、こっちは随分のどかな風景ですね」

僕達は、畑エリアに足を運ぶ。一週間で、畑も拡張して極東大陸の食材を育てる区画も作ったのだ。

そこでは、極東大陸の穀物が豊かに実っていた。普通の畑と違って〝田んぼ〟という水を張った土地で穀物を育てるらしい。変わった穀物だ。

穀物の苗が植えられた田んぼが見渡す限り並んでいる。波一つない水面には青空が映り込んでいて、鏡のようだ。

「ああ、懐かしいですねこの光景。極東大陸にいた頃も、私はこの風景が好きでした」

隣に立つカエデがふとそうこぼす。

畑には、他にも極東の作物が実っている。しかし、それはこの大陸の人間としては不思議なものばかりだった。

「カエデ、この〝ネギ〟っていう地面から生えた緑の茎、本当に美味しいのか？」

「はい。独特の風味があり、おもに煮物や焼き物にして食べます」

正直なところ、雑草の王様にしか見えない……。

「そして、こっちに生えている〝ユズ〟と〝スダチ〟っていう小さなオレンジはデザートに食べるのか？」

「いえ、それは味付けに使います。肉や魚に味付けとして絞ることが多いですね」

ステーキにオレンジジュースを掛けるような味になるのだろうか。極東の料理は不思議だ……。

「そして、こっちが〝三つ葉〟、〝山椒〟、〝シソ〟、〝大葉〟か。……全部ただの草じゃないのか？」

「草ではありません、これも極東料理で使う大事な調味料なのです」

正直なところ、立て看板さえなければ雑草が生えているようにしか見えない。

子供の頃、マリエルとままごとをして『召し上がれ、あ・な・た♡』と雑草を手でちぎって盛り合わせたものを出され、食べたことがある。当然めちゃくちゃ青臭くてまずかった。これだけ草を使う極東料理は、同じ味がするのではないかと少し不安になってきた。

「あとは、主殿が作った渓流の中で栽培している緑の巨大な根っこのようなものは〝ワサビ〟という調味料です。他にはミョウガと生姜というものも育てていて……」

調味料に使う植物の数多いな！

極東大陸の人間は、目についた草を全て料理の味付けに使えないか試しているに違いない。

「では主殿、そろそろ実食会へと行きましょう！」

シノビの皆さんが、各自の家に食材を運んで調理を開始する。

「シノビの代表として、私も手伝いを……」

「カエデ頭領は座っていてください。頭領は忍術の腕はずば抜けていますが、料理は壊滅的に下手ですから」

「ぐぬぅ……」

不満そうなカエデと一緒に、極東風公園の桜の樹の下で、テーブルについて料理を待つ。他の村人達も自宅からテーブルを持ってきて、極東料理が届くのを今か今かと待っている。ちょっとした宴だ。

「お待たせしました！」

テーブルに次々と料理が運ばれてくる。

まず、運ばれてきたのは茶色いスープ。中には白いキューブが幾つか浮いている。

「さぁ、お召し上がりください、主殿。これは〝味噌汁〟という極東大陸のスープでございます」

カエデが身を寄せてスープを勧めてくる。

「これまで嗅いだことのない香りがするな……これは一体なんのスープなんだ？」

「大豆です」

大豆はこの大陸にも存在して、僕もよく食べている。口に合わないということはないだろう。

「すりつぶした大豆を熟成させたものを溶かしたスープです。そして、中に浮いている白い立方体も大豆です」

「え？」

「〝豆腐〟という大豆をすりつぶして漉した汁を再度固めたものでございます。そして、浮かんでいる茶色い帯のようなものが〝油揚げ〟という〝豆腐〟を油で揚げたものになります」

「大豆のスープに、固形化した大豆と固形化した大豆を具として入れているのか⁉」

極東大陸、大豆以外に食べものがないのか……？

などと考えていると、また新しい料理がテーブルに運ばれてくる。

「こちらは単品の豆腐ですね。細切れにしたネギを載せて食べると美味です」

「この大豆キューブ、味噌汁の具だけじゃなくて単品でも食べるのか？」

「はい。こちらの〝醤油〟という大豆ソースをおかけください」

「ソースも大豆」

「そしてこちらの茶色いのが、〝納豆〟という発酵させた大豆です。醤油を掛けてお召し上がりください」

「またまた大豆……⁉」

気が付くと、テーブルの上には大豆料理ばかりが並んでいた。

大豆の具と大豆の具が入った大豆スープと、発酵させた大豆、大豆の煮汁を固めたキューブに大豆のソースを掛ける。大豆尽くしだ。『実は食器も大豆でできているんですよ』とか言い出さないだろうな。

大豆以外には、味噌汁と豆腐の上に少し載せられたネギという茎しか見当たらない。極東大陸の人間は、大豆が好きすぎる……!!

珍妙《ちんみょう》な文化だなぁ。

僕はそう思いながら、特に味に期待せず味噌汁という大豆スープを口にする。すると——

「あれ、美味しい——」

なんだろう、不思議な温かみがある味だ。初めて口にしたはずなのに、とても懐かしいような気持ちにさせられる。

続いて醤油をかけた豆腐。

「なんだろう、ひんやりして柔らかい触感がこの大陸にない味を出している……！ しょっぱいソースも美味しいし、上に載ったネギのシャキッとした触感と味がすごくいいアクセントになっている……！」

次に僕は少し勇気をだして、ねばねばした〝納豆〟という発酵大豆に手を伸ばす。しかし、これも美味しい！

「すごい、全部大豆で作られているはずなのに全部違う味がする……。不思議だ……」

よくわからないが、美味しい。そして味付けが濃くないので、全然飽きが来ない。しかも全然脂っこい料理がないので、とても健康的なはずだ。

「そしてそこへ、この〝三つ葉〟をいれると……」

カエデが、〝三つ葉〟という草を味噌汁に浮かべる。あの、畑に植えられていた雑草のような草だ。

「なんだこれ、すごくこう、上品な香りがして別の料理になったみたいだ……」

さらに色々な料理が運ばれてくる。

「焼いただけの魚に〝スダチ〟って小さいオレンジを絞ると、それだけですごく美味い……！」

「焼き魚には醤油をかけるのも美味しいですよ」

勧められた通りの食べ方をすると、それもまた美味しい。そして味の濃いものを食べると、主食である〝米〟がとても美味しく食べられる。するとまた焼き魚が食べたくなり……。食事をする手が止まらない。

「あっという間に完食してしまった。美味しかったよ、極東大陸の料理、すごいなぁ……！」

「これが極東の食文化です。ふふふ、これでもまだほんの一部ですよ」

「頭領は今回何もしていないでしょう」

と突っ込んだシノビが、カエデに小突かれている。

「宮殿で食べたときの極東料理より、こっちの方がずっとおいしーい！　メルキス、この〝唐揚げ〟っていうフライドチキン美味しいよ！　メルキスも食べてみて！」

「こちらの〝すき焼き〟という肉料理、とってもおいしいですぅ～」

「この肉貰いました！　この肉も！　この肉も！　全部私のものです！」

マリエルとナスターシャも本物の極東料理に大満足のようだった。シスターのリリーさんに至っては、周りの人の皿から肉料理を強奪して片っ端から口に入れている。

「ニャー、魚料理の種類が増えて、ボク達も幸せなのですニャ！」

「ペーストにした大根と大豆ソースを付けて食べる焼き魚、最高なのニャ！」

キャト族の皆さんも魚料理が口に合うようで、すごい勢いで平らげている。

一方で、シノビの皆さんも逆にこの大陸の食べ物に感銘を受けていた。

「この麦で作った酒、極東大陸にはなかった美味さです！　そして、焼き鳥の旨さを引き立てる！　無限に！　焼き鳥が！　食べられる！」

「領主サマ、この鶏肉と茎を串に刺した料理、美味いしビールにめちゃくちゃ合いますぜ！」

口の周りを泡だらけにしたタイムロットさんとシノビさんが肩を組んで笑っていた。

遥か遠くから来て、文化が異なるシノビさん達だが、食の交流が架け橋となり、すっかり他の村人さん達と仲良くなっている。

こうして、また一つ村は発展したのだった。

◇◇◇

ある日のこと。

僕の屋敷に、王都から郵便が届いた。丁寧に箔押しされた便箋には〝王都武闘大会のご招待〟と記されていた。

「そうか、今年ももう武闘大会の季節だったな」

王都武闘大会。年に一度開催される、国中の猛者達が集う戦いの大会である。

国の中で最も格式高く参加者の実力も高い。

参加資格は、一五歳以上で才能《ギフト》を所持していること。一五歳になったばかりの僕は、これが初参加である。

僕は小さい頃から父上に連れられて何度も観戦しに行ったが、とにかく参加者のレベルが高いのだ。

全員が国のどこかで名を轟かせた武人だし、時には英雄級の武人も参加する。

英雄と王都の闘技場で戦えるかもしれない。そう考えるだけでワクワクする。

才能《ギフト》を手にし、この村で修行するうちに僕は強くなった。だがそれでも、まだまだ王都武闘大会に挑むには不十分だ。それほどに、王都武闘大会は猛者が集まる。

「もっと強くならないとな……」

それに、楽しみなことはもう一つある。

【剣聖】を手に入れたカストルも、間違いなく大会に参加してくるだろう。

カストルがどれだけ【剣聖】を使いこなして強くなったのか、兄としてとても楽しみだ。できることであれば直接剣を交えてみたい。

「武闘大会……楽しみだ！」

◇◇◇

――メルキスのもとに武闘大会の案内が届いた頃のロードベルグ伯爵家。

いつもの応接間で、メルキスの父ザッハークと、魔族の男が意気消沈していた。

「フフフ、と今回ばかりは笑っていられないですね……」

魔族の男は、いつになく落ち込んでいる。

「我々の洗脳下にある超弩級モンスター軍団が悉く全滅……！　今週王都を襲撃して落とす計画が、すっかりパァですよ！」

メルキスは、モンスター軍団を全滅させたことで人知れず王都の危機を救っていた。

ザッハークと魔族の男は、ミノタウロスとメルキスの戦いを思い返していた。二人の頭の中に、メルキスが最後に使った超破壊力の魔法がよみがえる。

「あれほど追い詰められるまで使わなかったということは、メルキスはあの場面で魔法を融合させる力に覚醒したのでしょう」

「まさかあの土壇場で……！　きっかけは一体なんなのだ！　皆目見当がつかんぞ！」

ザッハークは、自分の掛けた声がメルキス覚醒のきっかけになったとは夢にも思っていなかった。

「今回の一件で、魔族の中でのメルキス対処への優先度は跳ね上がりました。メルキスを倒さねば魔族に未来はありません。これより魔族は全力でメルキスを倒します。早速魔族の精鋭を集めました。

正面切っての戦いは苦手ですが、相手を罠にかけて撃破することに長けたエキスパート達です」

「クックック、頼もしいのう」

ザッハークと魔族の男はニヤリと笑う。

「ですが、罠にかけるにはあらかじめ下準備が必要です。メルキスをこちらの指定した場所に呼び出す必要があります。なおかつ、邪魔が入らない一対一の状況を作らねばなりません」

「そんな都合のいい話が……待てよ、確かもうすぐ王都武闘大会だな。これは使えるぞ。おいカストル、話がある！」

ザッハークに呼ばれ、メルキスの弟であるカストルがやってくる。

【剣聖】のギフトを授かり、ハズレギフト持ちのメルキスの代わりにロードベルグ伯爵家を継ぐことになったカストル。昔は修行をサボってばかりいたが、最近は少し真面目に修行に取り組むようになっていた。

「メルキスは必ず王都武闘大会に出てくる。お膳立てはしてやる、お前が倒すのだ」

「俺が、メルキス兄貴を……!?　本当ですか父上！」

「ええ、我々魔族が全力であなたの兄超えをサポートします。メルキスを罠にかけ、全力で弱らせる。念のため、これを渡しておきましょう」

魔族の男が、漆黒の球体をカストルに渡す。

「魔族の力が秘められている球です。この球が力をくれるでしょう。ただし、使いすぎると身を滅ぼすことになるのでお気を付けください」

「へへへ、俺がメルキスを倒す、俺が……！」

カストルは、ずっと夢見ていた兄超えの予感に浮足立って、魔族の男の忠告を聞いていなかった。

◇◇◇

——とある深い森の奥。

月光の下で、小さな人影が武闘大会の招待状を開封している。

大きさだけで言えば、子供程度。しかしその体から発せられる魔力は、大人どころかドラゴンにも匹敵する。人間の枠組みなど、優に超えた存在だ。

顔立ちは中性的で、雰囲気でかろうじて女性だとわかる。

身にまとっているのは、一枚の絹の布から作られているエルフ族伝統衣装だ。陶器のような白い肌と相まって、月光に照らされるその姿はとても神秘的な美しさを醸し出している。

「今年はいよいよ、あの少年が出るか……」

人影は、何か巨大な物体に腰掛けている。

——それは、ドラゴンの頭蓋骨。それも高位種のものだった。

「〝英雄〟と呼ばれる我を興じさせてくれる可能性があるのは、汝しかいないのだからな。我を失望させてくれるなよ、メルキス」

ドラゴンの頭蓋骨が、魔法によって音もなく浮上する。

そして、人影を乗せて王都の方へと飛んでいくのだった。

○○○○○○○村の設備一覧○○○○○○○○

①村を囲う防壁

②全シーズン野菜が育つ広大な畑

③レインボードラゴンのレンガ焼き釜&一日一枚の鱗生産（一〇〇万ゴールド）

④図書館

⑤広場と公園

⑥華やかな植え込み

⑦釣り用桟橋

⑧極東風公園［New!!］

⑨極東料理用の畑［New!!］

○○○○○○○○○○○○○○○○○○○○○○○

《了》

特別短編

SAIKYOGIFT DE
RYOCHI KEIEI SLOWLIFE

極東大陸出身のシノビ、カエデは忍法のエキスパートである。

暗殺、潜入、諜報等に使える忍法を、シノビの中で最も使いこなしている。

そんなカエデの忍法の中には、【完全睡眠】というものがある。一日五分の睡眠で全ての疲れを吹き飛ばすという、誰もが羨む術である。里のシノビ達はみなこの忍法が使えるが、睡眠を五分にまで短縮しているのはカエデだけである。

カエデはこの術を使って睡眠時間を短くし、主であるメルキスが寝ている間は常に天井裏から護衛している。

余談ではあるが、護衛中カエデは（勝手に）マリエルの紅茶の葉を持ち出して一人でティータイムを取るのと、マリエルが寝ているメルキスに抱き着いたり耳元でとてもメルキスが起きているときには言えないようなことをささやいたりする様子を観察することしか楽しみがない。

さて一日五分しか睡眠を取らないカエデは、睡眠に対してこだわりがないのかというと全くそんなことはない。むしろ、誰よりも一日五分の睡眠時間を大事にしていて、寝る場所にこだわっているのである。

わかりやすく言うと、カエデはお昼寝が大好きなのである。

「さて、今日はどこで睡眠を取りましょうか……」

カエデは、常に寝心地の良い場所を探している。カエデが睡眠を取るのは、大体一五時前後。他の村人も昼寝をしている時間帯を好む。

「自室で布団に入ってもいいですが、もっと寝心地のいい場所を見つけたいところ」

まず試したのは、メルキスの寝室の天井裏。

「……イマイチですね。暗いのはいいですが、湿気ていますし埃っぽくてあまり寝心地は良くありませんでした……あ、あれはどうでしょう。明日はあれを試してみましょう」

翌日。

メルキスと共用の寝室で、マリエルが昼寝をしていた。

「お邪魔します」

カエデが音もなく熟睡するマリエルの横に着地し、布団に潜り込む。

そして、マリエルの腹を枕に寝始めた。

——五分後。

カエデが目を覚ます。同時にマリエルも目を覚ました。

「……カエデちゃん、何してるの？」

「柔らかそうな枕があったので、試してみた次第です」

「人を勝手に枕にするなー！」

マリエルが叩きつける枕を回避して、カエデは床に降り立つ。

「で、カエデちゃんは一国の王女を勝手に枕にして、気分良く寝れたのかな？」

「うーむ、思っていたより柔らかかったですね。私としては、枕はもっと硬い方が好みです。マリエル殿はこう、プニっとしすぎておりまして」

「人のお腹にプニプニしすぎとかいうんじゃないー！」

マリエルが投げつける枕を軽々回避しながら、カエデは寝室を後にした。

そしてまた別の日。

「ここなどは良さそうです」

カエデが選んだのは、湖に架かる釣り用の桟橋。

日除け用の傘と、枕を持参している。

「ちょうどいいそよ風。波の音。そして静かさ。これは寝心地良さそうな予感」

となりにはキャト族がいるが、みな釣りに集中している。

「おお、これは素晴らしい寝心地……スヤァ」

カエデは瞬く間に熟睡する。そして寝返りを打って。

〝バシャア！〟

湖に転がり落ちた。

「ニャー!? シノビの頭領カエデさんが寝ボケて湖に落っこちたニャ！」

「溺れちゃうニャ！」

「早く引き上げるニャ！」

釣りをしていたキャト族達が慌ててカエデを引き上げる。

「……キャト族の皆様、どうもお手数おかけしました」

カエデは心に決めた。二度と桟橋で昼寝はしないと。

さらに翌日。

「さて、どこで寝たものでしょうか……む？」

カエデが見つけたのは、レンガ焼きの窯のとなりで気持ち良さそうに昼寝しているドラゴン形態のナスターシャだ。カエデも釣られて眠くなってきた。

「ドラゴンの背中というのは、一体寝心地はどうでしょうか……」

カエデはナスターシャの上に飛び乗り、枕を置く。

「む！　これは……！」

カエデが感じたのは、かつてないほどの、安心感。強大な生き物に守られていることによって、大地と一体化しているかのような安らぎを得られている。

呼吸しているため、ゆっくりとドラゴンの背中が上下する。しかしそれが逆に、ハンモックに揺られているかのような寝心地の良さをもたらすのである。

「これは、これは――」

瞬く間にカエデの意識は午後の穏やかな空気に溶けていった。

――五分後。

「かつてないほどの熟睡でした……」

カエデは、味わったことのないような爽快感に包まれていた。伸びをすると、肩こりも完全に治っているのがわかった。

「いやー！　ナスターシャ殿の背中は最高ですね。ありがとうございます、すっかり疲れが取れました！」

「え？」

いつになく上機嫌のカエデに、ナスターシャは困惑していた。

「これからも背中をお借りしますね」

「え？　えええええ～？」

こうして、度々ナスターシャの背中で昼寝をするカエデと、『どうしましょう、これでは身動きが取れません……』と困惑するナスターシャが目撃されるようになったのだった。

《了》

あとがき

初めまして、音速炒飯と申します。

この度は本作を手に取っていただきありがとうございます。

本作は小説投稿サイト「小説家になろう」様で連載していた作品にオファーをいただき、大幅改稿（本当に大幅に改稿しました）を経て書籍化させていただいたものになります。

自分が書いた作品が書店に並ぶことになるのはこれが初めてで、未だに夢のような気分です。

本作はハズレスキルを与えられて実家から追い出される、所謂「追放モノ」をベースにキャラクター達の会話が噛み合っていない「勘違いモノ」の要素を取り込んだ作品になります。

追放モノのいつもの読み味と、勘違いモノのスパイスを楽しんでいただけたなら幸いです。

ところで本作は大変ありがたいことに、コミカライズ企画も始動しております！　コミカライズを担当いただくのは眠田瞼先生。第一回LINEマンガ大賞金賞を受賞したすごいお方です！

絵柄がとても可愛らしくて、原稿やキャラクターデザインをお送りいただくたび私もとてもテンションが上がっております。

そして（私もマンガは読む専門なので用語の使い方が合っているのかわからないのですが）コマ割りやテンポの取り方がとても上手く、本作をマンガ媒体に合わせて上手くアレンジして描いてくださっています。本作でやや説明がわかりにくかった部分も絵を使ってわかりやすく描いてくださっていて、頭が上がりません……！

本作挿絵には収まらなかったキャラクター達も、当然コミカライズではバリバリ登場します。今デザインをいただいている中では、カストルがとてもお気に入りです。メルキスと同じ血が流れていてそれでいて目付きが悪くて捻くれている感じ、とても良いです。

最後になりますが、謝辞を。

担当K様。作品出版に関わる諸々の編集作業をありがとうございます。わからないことだらけのひよっこ作家の私に出版関連作業について丁寧に教えてくださりとても心強かったです。

前担当O様。作品について多くのアドバイスをいただきありがとうございました。WEB版からよりコンセプトがわかりやすく、楽しんでいただける作品にすることができました。

知人Aさん。改稿作業がうまくいかず弱気になっていたときに励ましてくださってありがとうございます。

riritto様。とても素晴らしいイラストをいただきありがとうございます。個人的にはメルキスとカエデが気に入っております!

そして本作をご購入いただいた皆様に、最大限の感謝を。作品を通して少しでも楽しい時間をお届けできたならこれ以上ない幸せです。

それでは、二巻でまたお会いできればと思います。

音速炒飯

転生貴族の異世界冒険録
～カインのやりすぎギルド日記～
原作：夜州
漫画：佐々木あかね
キャラクター原案：藻
レベル1の最強賢者
原作：木塚麻弥
漫画：かん奈
キャラクター原案：水季
我輩は猫魔導師である
原作：猫神研究信仰会
漫画：三國大和
キャラクター原案：ハム

神獣郷オンライン！
原作：時雨オオカミ
漫画：春千秋
ウィル様は今日も
魔法で遊んでいます。ねくすと！
原作：綾河ららら
漫画：秋嶋うおと
キャラクター原案：ネコメガネ
バートレット英雄譚
原作：上谷岩清
漫画：三國大和
キャラクター原案：桧野ひなこ
コミックポルカ
COMICPOLCA
話題のコミカライズ作品を続々掲載中！
毎週金曜更新
公式サイト
https://www.123hon.com/polca/
Twitter
https://twitter.com/comic_polca
コミックポルカ
検索

唯一無二の最強テイマー
～国の全てのギルドで門前払いされたから、
他国に行ってスローライフします～
原作：赤金武蔵　漫画：田村紘一
キャラクター原案：LLLthika
異世界還りのおっさんは
終末世界で無双する
原作：羽々音色　漫画：ダンタガワ
処刑された聖女は
死霊となって舞い戻る
原作：緒二葉　漫画：蚊
キャラクター原案：みなせなぎ

雷帝と呼ばれた最強冒険者、
魔術学院に入学して
一切の遠慮なく無双する
原作：五月蒼　漫画：こばしがわ
キャラクター原案：マニャ子
モブ高生の俺でも
冒険者になれば
リア充になれますか？
原作：百均　漫画：さぎやまれん
キャラクター原案：hai
魔物を狩るなと言われた
最強ハンター、
料理ギルドに転職する
原作：延野正行　漫画：奥村浅葱
キャラクター原案：だぶ竜
COMIC NOVA ノヴァ
話題の作品
続々連載開始!!

最強ギフトで領地経営スローライフ 1
～辺境の村を開拓していたら英雄級の人材がわんさかやってきた！～

発　行
2023 年 1 月 14 日　初版第一刷発行

著　者
音速炒飯

発行人
山崎　篤

発行・発売
株式会社一二三書房
〒101-0003　東京都千代田区一ツ橋 2-4-3 光文恒産ビル
03-3265-1881

編集協力
株式会社パルプライド

印　刷
中央精版印刷株式会社

作品の感想、ファンレターをお待ちしております。

〒101-0003　東京都千代田区一ツ橋 2-4-3 光文恒産ビル
株式会社一二三書房
音速炒飯 先生／ riritto 先生

Printed in Japan, ISBN 978-4-89199-920-9 C0093

※本書は小説投稿サイト「小説家になろう」（https://syosetu.com/）に
掲載された作品を加筆修正し書籍化したものです。